不同的风景相互注视

赵国瑛 著

浙江工商大学出版社
ZHEJIANG GONGSHANG UNIVERSITY PRESS
·杭州·

图书在版编目（CIP）数据

不同的风景相互注视 / 赵国瑛著. — 杭州：浙江
工商大学出版社，2020.1
ISBN 978-7-5178-2099-4

Ⅰ. ①不… Ⅱ. ①赵… Ⅲ. ①诗集－中国－当代
Ⅳ. ①I227

中国版本图书馆 CIP 数据核字（2020）第 013824 号

不同的风景相互注视
BUTONG DE FENGJING XIANGHU ZHUSHI
赵国瑛 著

特约编辑	李大军
责任编辑	刘淑娟　王黎明
封面设计	林朦朦
责任印制	包建辉
出版发行	浙江工商大学出版社
	（杭州市教工路 198 号　邮政编码 310012）
	（E-mail：zjgsupress@163.com）
	（网址：http://www.zjgsupress.com）
	电话：0571-88904980，88831806（传真）
排　　版	杭州朝曦图文设计有限公司
印　　刷	杭州宏雅印刷有限公司
开　　本	710mm×1000mm　1/16
印　　张	17
字　　数	218 千
版 印 次	2020 年 1 月第 1 版　2020 年 1 月第 1 次印刷
书　　号	ISBN 978-7-5178-2099-4
定　　价	52.00 元

除了时间，还是时间

　　"梦想的天空掏不出更多白云。我用笔挑开几声雁鸣，将一些发亮的词语拿起又放下。"诗人赵国瑛在诗集的后记里这样感慨。这让我想起从前曼德尔施塔姆有关写作的一个著名论述："黄金在天空舞蹈，命令我歌唱。"两者之间恰好构成一种因果关系，其中内心充满使命感的强烈的写作冲动是因，天赋的匮乏或火候未到以致不能完美地表达是果，这种崇高理想与现实文本之间的不和协以及由此产生的遗憾，倒也并非作者个人独特的体验，而为每个写作者所熟谙。说得夸张一点，简直可以说是永难治愈的隐痛。尽管如此，这个动作，这种姿态依然美好而充满诱惑，哪怕白云无多，黄金更稀，哪怕诗神总是高高在上，对你也瞧不出像是特别青睐的样子，却依然能够深深地吸引我们的身心，甘愿以更多的虔诚和时间来侍奉它，所谓诗的价值和魅力，大约也就尽在于此吧。

　　我和赵国瑛先生并不太熟，在诗歌活动中见过几次面，不知道他什么时候开始写的，也不清楚他的美学胃口，喜欢接纳哪些诗人。从文本得出的印象，似乎最初阶段风格上偏向于传统和抒情，如今各种先锋技法活跃于字里行间，说明艺术追求上一直在吸收和调整，尤其是在语言陌生化上的苦心经营，已经卓有成效，好比金庸笔下的某位人物，偶因机缘，练就了一门独特的刀法，并具有相当的威力。这一点，相信那些对鲜活生动的语法有特殊癖好的读者，在他诗里一定会有较好的收获。如《相逢在春天》里的"左手做的错事被右手纠正"，《人间已无多余的悲伤》里的"水鸟入水之前也曾是/忙碌的中产阶级"等，无不让人印象深刻。在《流水十四行》里他说："从高处向低处倾诉/折叠的飞瀑再次展开/校正一场雨的过失/需要多少时间？"校正二字可圈可点；而《遇见》那个奇妙的开头"不同的水滴在雨夜结婚/他们的婚礼由闪电主持"，亦慧心巧思，写得新意盎然。

从更高的要求上来看，一个优秀的诗人必须具备多方面的素质与能力。在我个人的理解中，一首真正的好诗必然是一个整体，从标题的设定到警句的产生，从意象的诡奇到结构的安排，需要有多方面的通力协作，或按拉金的说法，就是必须制造出一个优秀的装置，把你想要倾诉的情感完美地放在里面。出色的词语组合能力仅仅只是一个方面，或这架精神装置的一个部件而已。何况这种语不惊人死不休的努力也并非为了好玩，而是准确地传递内心凝结的某种复杂情绪所需。简而言之，它们只是载具或手段，而非终极目标。如果把它比作一条在惊涛骇浪上行驶的船，不管在形状和航速上拥有何等的优势，目的还是更好地把上面坐的人送到彼岸去。这个人，既是希尼在《贝岭与谢默斯·希尼对话》里说的"诗人在根本上是要对世界作出回答"的人，也是赵执信在《谈龙录》里说的"诗中要有个人在"的人。他是一个多少有点特别的混合的发声体，真实传递作者内心的声音,也会偶尔加入自己想说的话。这种不可或缺的神秘和复杂是诗歌最令人神往的部分,尽管要做到这一点相当不易,在诗集中,我们依然可以看到作者的雄心和努力。

从传统的写作方式中挣脱而出,犹如习惯囿于自我世界的蚕蛹破茧,或告别电话时代后立即用上智能手机,面对崭新的世界不可能一下子就完全适应。正是基于这样的理由,我更愿将它看成一个阶段性的成果,或一份有启示意义的精神档案。它告诉我们,一个诗人是怎样时刻校正方向朝前走着,又因拥有开放的胸襟,虔诚的态度,锲而不舍的精神,视诗歌如宗教,以写作为修炼,一步一步接近期望中的目标,并将最终领到属于自己的那份圣餐。实际上,这一过程在作者笔下已有真实而深情的表述:"生常庸常而思考常新。一些从未靠近的火焰,开始在暗夜走动。我在日子的这头睡下,又在另一头起床。……新生与腐朽彼此不松手,一切发生都不是犹豫的结果。打开自己,为风让路,身后的门藏着深夜与黎明。谁在听我的心跳,除了时间,还是时间。"是的,只有时间可以证明一切,既改写以往,更兆示未来,在此意义上说,作者在不远的将来写出让我们刮目相看的作品,几乎已不是奢望,而是必然。

柯　平

2019 年 11 月 24 日写于湖州

CONTENTS
目 录

第一辑

春天与诗

春天与诗

胡桃里的春天太专业了
阳光走进春色,看
书页上的诗句站起来
和春天大声说笑

胡桃里的春天系着音乐的围脖
那么鲜艳、丰满
我们举杯,将春天的琴声
一饮而尽

在胡桃里,我握不住一缕春风
早春的嫩芽与诗不相识呀
此刻却挤在我们中间
起哄,而粉蝶已在花蕊写下

最初的情诗。我决定陪落日
在黄昏小坐一会,暗香是
飘荡的美酒,晚风不能独享
我也不能

2019 年 3 月 14 日

相逢在春天

闭上眼睛你原谅了世界，
睁开，你被世界原谅。
有故事的人不曾老去，
每个细节都长出新芽。

是否有人敲过你的门窗？
是否有东西遗失在某个角落？
是否被风雨逼到了墙角？
你穿越的暗夜没有回答。

左手做的错事被右手纠正。

你的花头巾又鲜艳了一些，
有风或无风都一丝不苟。
去年开的花今年又开了，
今年结的果未必是去年的那颗。

2018 年 3 月 11 日

聆听春天

那些花在春天里死过一次，
现在又被暖风摇醒。
有些花显然生气了，
开了一半停在空中。

所谓宁静是一种遗忘
追逐另一种遗忘。
别人的故事只有抚摸
才会盛开。

熟悉的声音丢失了故乡，
常常在黎明叩问夜空。
合欢树穿着黑色囚衣，
守着最后的春寒。

繁花盛大而鲜艳，
寒流逼近 与每棵树妥协。
只有新芽是认真的，
用绿色见证它的深刻。

一个人想一个春天太奢侈了。
不如像泥土一样忙碌，
白天与小草称兄道弟，
夜晚听惊雷呼风唤雨。

2018 年 3 月 23 日

春天是一个整体

一粒微尘飘向哪里
是风的自由
黑暗里搬动的信仰
在白昼化作春水

所有风景守望万物
被时间拥抱与离弃
词语在书中狂欢
它们的晚宴高潮迭起

夜半，寒露哭泣
清晨刚在树叶沉沉睡去
不要叫醒她，你可以看到
悲伤也可以洁白
晶莹如玉

桃花席地而坐
与暖风聊着往事
你的名字住在乡下
又一次在春天盛开

2018年2月28日

细　雨

雨分好多种，我独爱细雨
她的好脾气像母亲
她的手摸遍每一个角落
像母亲，一寸一寸将生活
缝成一件衣衫

细雨不张扬。她需要
给我的正在给我
不说话，事先不通知
事后不总结。像母亲
一生只在过程里忙碌
没有总结的习惯

细雨把我们当成自己人
来时不敲门，走时不告别
屋檐只留下"滴答""滴答"的脚步声
要有耐心听细雨诉说
像母亲的叮咛，重复
一千遍一万遍

2018 年 9 月 21 日

白玉兰

一株白玉兰,不高不矮
不胖不瘦,风姿绰约
路边、田野、山冈、庭院
常常不期而遇

一株白玉兰足以让人惊艳
即使很远,我也知道
春天站在那里
向我微笑

她在三月的怀里
穿着洁白的盛装
仿佛一座花园
雪藏阳光、清风、细雨

爱,就要站在独立的地方
风能听见你的歌声
让梦看见你的泪光

2017 年 3 月 13 日

一段婚事

油菜的婚期定在四月
金色的快乐铺满田野
阳光和雨水送来
最美的祝福，那么多人
从四面八方赶来看你
辉煌的嫁衣

四月过后新婚燕尔的蜜蜂
将外出远行
只留下新娘在家
怀着春天

初夏来临，风开始念叨
远方的兄弟
而油菜则弯下腰
悄悄告诉大地
初为人母的喜悦

2017 年 4 月 21 日

新　年

把旧日子还给去年，
我走失在一片浓雾里。
阳光叩醒大地，我和远山
只隔着一个新年问候。

城市被地铁追赶着，
匆忙投奔乡下的亲戚。
往日的山水中了头彩，
月夜能看到大山温暖的肩膀。

要怎样的自我批判，
才能让草木心服口服？
许多时候双脚赶不上呼吸，
有时恰恰相反。

刚刚放走的去年欲言又止，
回头瞪了我一眼。
我只有歌唱，如你轻声的责备
用快乐偿还失落的伤痛。

阳光、雨丝纤细而晶莹，
在新年的白皮肤上交替行走。
在南方，她们常常被当作
春天的琴弦。

2018 年 1 月 1 日

花　事

在西溪,我有机会向百花
说生日快乐。四月摆下美酒
各式鲜花席地而坐

穿过花径,流水放慢脚步
懂事的草坪不停地安慰
学步的孩童

一个无风的午后,没有伤口和孤独
所有生长沿着各自的路径奔跑
像呼啸的子弹射向时间

我坐着,只等蝴蝶来
蝴蝶来时,春天的每个瞬间
都宽大如席

2019 年 4 月 9 日

晨 妆

一只鸟掀开夜幕
轻声咳嗽
另一只鸟被吵醒
递来一声问候
其他鸟不好意思
起身互道早安

星光隐去，万物湿身
梦中人一路种下
鲜花的名字
黎明辽阔而柔软
她亲手将露珠

绑在树叶的唇上
用一小片黑暗
为窗户画上睫毛

2019 年 4 月 23 日

绿荫丛中

不能断定昨天是不是
你们在说话，我估计
你们彼此认识
或许有过约定
尽管操着不同方言
说的也是些家常话

几米之外的门窗里
也会谈些你们听厌的事情
有时也有小小的争吵
而且还将继续
我与你们离得那么近
甚至能听到对方的心跳
我们消费同一个黎明
阳光或雨水

声音是最大的坏蛋
你们用自己的语言
将一个穿着羽毛的笑话
装点得如此神圣、庄严

2018 年 4 月 15 日

香樟的怪脾气

叶

褪下的羽毛盖住
几场春雨
新芽不以为然，继续消费春光

花

无色无形无笑颜
风摸得着，你看不见
独坐也有暗香

果

黑珍珠散落一地，果浆
染红馋嘴的麻雀
让它叫起来更像女人

根

性感的蚂蚁又怀孕了
忙着搬运粮食和亲情
春天搬不动，风也没有办法

2019 年 4 月 4 日

春光曲

玉兰花的颜色还是去年那两种
是谁给它们单调的权力？

路的生日只有尘土记得
脚印好为人师而清风并不领情

诸鸟与树木没有血缘关系
因为一些表达需要隐身

我看见天空倾倒夜的雷声
今晚的雨水会有撕裂的痛感吗？

旧时光太肥沃。当百花抬高嗓门
我的每根手指都有发芽的冲动

2019 年 3 月 19 日

秩　序

春天,我会主动和花木打招呼
它们穿新衣的样子真好看
尽管这是去年我们为它们定制的

水中的倒影使白云轻易翻越高山
鸟类吐出大量感叹词谈及
自身的遭遇和诉求

蛇醒来时已规划好撤退的路线
流水长着尖锐的牙齿
水草弯腰却不低头……

我爱这亘古不变的秩序
在上升中生长、毁灭,一遍又一遍
分泌出欢愉和痛苦

2019 年 4 月 15 日

彼岸花

极简,无法向绿叶表达歉意
粉红的弧线
保持飞翔的姿势
把时间搓成渡绳

对面是看不见的翅膀
坐着繁星的祖先
她将旧事劈开
取出琴声和雨滴

而流水还没有勇气
离开此岸
或彼岸

2019 年 9 月 12 日

第二辑

致敬山水

庐山三题

一、险　峰

风只带着耳朵
四处倾听

峭壁没有秘密
最多是个纹身青年

为何路要绕到此处
去和白云相会？

你不知道
我也不知道

二、劲　松

赤足在此修行
仿佛与时间下一盘棋

这样的地方你不可能和
森林站在一起

是什么让你直不起腰？

怀抱日月背负青天

或许你是要飞翔吧
驮着万丈霞光与日落的金黄

三、花　径

五月,桃花下山
木桩上静修的蝴蝶
穿白衣,想念一位姓白的相公

雨水回到天上
池中青莲朝耕雾霭
暮种蛙鸣

多少诗句身着唐宋衣袂
在宽大的幽谷
与春风调笑

我走过它们身边
听溪水谈古论今,一不小心
捉住了桃花来不及撤退的笑声

2019 年 5 月 30 日

戈壁十四行

石头与沙砾从不称兄道弟
至少互不侵入彼此内心

沙枣、骆驼刺、红柳树
在喜欢的地方等待亲人

天使没有来过，也没有叹息
几千年都找不到雨的童年

我羡慕那块醉醺醺的卵石
每天和火狐眉来眼去

从最初的向往变成规则的证据
大雁对天空有足够的自信

戈壁的夜晚比别处清贫
动物们手执清风寻找爱情

它们的小爪子一次次扒开沙砾
囤积月色与虫鸣

2019 年 7 月 27 日

丹霞十四行

地狱之火击穿高原耳膜
红色象征烫伤的恐惧

先知饮尽最后一杯雨水
真正的安宁从此开始

再高超的匠人也不能像风一样
将大地雕琢得如此精美

镌刻在骨头上的情书大多
没有留下标点符号

她为蝴蝶系上闪电,用一种
光芒覆盖另一种光芒

天上的白云刚从外省归来
琴声衔着雪山寒光

她起身,在自己的倒影里
掏出石头的笑声

2019 年 7 月 26 日

流水十四行

从高处向低处倾诉
折叠的飞瀑再次展开
校正一场雨的过失
需要多少时间？

水面有修行的落叶
途中有数不清的盘问
她轻声走过险滩，回头
又救起旋涡里的枯枝

深潭传来响亮的笑声
如果卵石正在打坐，此时
应该微眜双眼
我放生的落花获得了

风的宽容。从来的地方来
到去的地方去

2019 年 3 月 29 日

海盐，秦山核电

有海无盐。两千年前的盐
被风尝过又还给大海
昔年，始皇以闪电为杖
与龙王对弈
最后一枚棋子长出了头发

东海有无数传说，没有
一个与长生有关。
它唯一的子孙在秦山
巨大的闷罐里养儿育女
海浪戴着安全帽

水为难水。黑暗里动手动脚
彼此撕打、相爱
水泥弯腰，钢管不停转身
白云看惯了导线呻吟

我要寻访的那驾马车
已在兵马俑一号坑陷落
车上载的口谕
正在岭南流浪

2019 年 8 月 14 日

盐　田

海水伸着懒腰
在这里晒太阳

一条无尽的天路
将自己晒成老年

老年是白色的
坐在滩涂上数星星

那么多月色泻下来
与晚风十指相扣

等你来时,我要在你眼里
下一场大雪

我不能确定,黄昏来临
多情的海鸥是否举目无亲?

2019 年 6 月 11 日

027

空 梅

雨水都在南方或北方
打工。江南如一只空陶罐
装着白白胖胖的夏至

龙舟赛后,浪花还给流水
木桨挂在墙上疗伤
无数诗句投江,都进了鱼腹
傲慢的香囊有着金属的记忆

雨水继续发号施令,在某处
向村庄发起进攻
歪斜的树木声音低沉
连自己也无法读懂天空来信

小麦回家,水稻亮开嗓子
发表青春感言
梅雨忽略的部分是六月的子宫
我们用一条条丝线领养她的孩子

2019 年 6 月 16 日

合欢树

门前一棵合欢树
我常常以为熬不过冬天
清明祭祖已毕
它还像祖先一样一言不发

暖风唤不醒的家伙
只有用阳光烤
果然，几天三十度的气温
让它挤出了一点嫩芽

原来你没有死呀？
害得雨水断断续续哭到现在

2019 年 4 月 21 日

浦阳江之夜

风带着西施的口信
在浣纱石下上岸
浦阳江灯火出门迎客

江面坐满尊贵的星辰
我的体内响起桨声
一叶扁舟从流水的缝隙驶来

苎萝山下好戏开场
郁金香身着华服楚楚动人
今晚的舞娘是她？

远处的山，山上的塔
快从线装书中走下来
我们一起去捞浦阳江里的月亮

2019 年 2 月 26 日

汉　秀

七品县令从大红官袍里
掏出一把星光，汉秀的夜空
便不再安分

夜凉如水，水从脚下站起来
举着白色玫瑰
玫瑰上坐着俊男靓女

我被音乐撞了一下腰
河对岸灯光穿上紫衣
讲述古老中国

一对情侣挽着爱情远走天涯
飞龙在天，将绣球抛向人间
谁是今晚龙宫的新郎？

2019 年 2 月 15 日

渔港书

码头泊着渔家生活
远方不是问题。在此之前
大海忘记了自己的年龄
浪尖托住低语，又暗恋岸上美妇的脚印

有时我们对阳光有
不完整的理解
喜欢它正面，却常常
坐在事物的阴影里
光消毒过的空气

浪花的白与盐略有不同
风惯于在岩石上磨牙，直到
将岁月磨出锋利的光芒
只有保持距离，灯塔
才能解除古老的敌意

无论什么时候，你难以
确定飞翔的鸟类在何处投宿
灯火坐在船舱，成为
黑夜的情人

那些隐于泥土的贝类
穿着坚硬的翅膀

和我一样
嘴里含着故乡

2019 年 1 月 23 日

水杉辞

独立或成林
出鞘的剑指向天空

树叶尖细而锋利
风雨靠近会落下病痛

春日里绿成一座小山
站成一排便是绿色长城

寒风中抖落一身羽毛
你向天空交了白卷

你的花呢？你的果呢？
你们在一起从不谈论

抬头，我看见一把老骨头
呵护一窝小鸟

来年，还是这一家叽叽喳喳
将春天系在你的身上

2019 年 1 月 25 日

初 晴

天空拿着一手好牌
细雨从大雪走到冬至
我们在小寒相遇
煮酒谈天，你在窗外
不肯入席

阳光不赶路
比谁都更仔细打量大地
我一出手
便在窗台握住重逢的喜悦

但等黄昏来临，城外的落日
恢复心跳
晚霞重新羞涩
我要向星光索取
尘世的白银

2019 年 1 月 17 日

雪　山

高度总是固执的
比如雪山
永远不让山顶发言

而它的白像空洞的词汇
聚集所有想象

时间迷路，那么单调的寂静
那么白
除非风发动战争

高脚酒杯盛着绯红的月光
远山的白
开始沉思

2018 年 12 月 25 日

雪，仍旧是白的

一夜大雪像天空写给
大地的一封家书。万物
从中受益或受害。
你和我一样，分不出
雪的先来后到。但这
的确是冬天善良的一面。

推窗，夜的遗产清澈而冷峻
屋顶爱着飞鸟，飞鸟
已步下高楼。树在倾斜
枝头的雪不断从高处滑落。
仍旧是白的。

没有反抗和离弃，
只是不需要太多相守。
信不信，我看见的雪
终将原路返回。

2018 年 12 月 9 日

水草江湖

湖水退回故乡
土地坐起来
穿上初冬的花袄
大雁衔来雪光
照亮游鱼的歌声

蓼子花张开翅膀
贴地飞行，朔风摸过的花容
不应是虚无的惊艳
细雨欲言又止
蝴蝶没有闲暇在花蕊里出轨

无边花海仿佛是季节的贺客
与大地寒暄之后，开始和
年长的雨滴谈论
生锈的真理

看呀，白云举起屠刀
将江湖劈为两半
一半还给春天
另一半留给冬天

2018 年 11 月 14 日

夜西湖

——兼致天界

山色隐去，黄昏的孩子
说着五颜六色的童言

深藏在酒杯的故乡
透出灯火的暖意

树木各自领走深秋的疼痛
风却用落叶擦拭湖面

这是夜色告诉我们西湖的美丽
被一首小诗隔在窗外

我们的头顶没有星空
注定今夜没有月光

弦歌长着动人的眼睛
至今未与郎君相会

2018 年 11 月 9 日

向一棵银杏致敬

一树金币让冬天高贵
在雨中施舍财富

绿的草绿的树都不曾动心
你却在风中怀孕了

看！一片一片回归大地
悄悄盖住泥土的尖叫

于是,我将颂歌建成一座废墟
收留飘落的赞美与离愁

2017 年 11 月 29 日

致秋天

秋天我喜欢阅读，
每一页都被风抚摸过。
不仅丰收，还有纷纷扬扬的自由，
在庄严的秩序里恢复
去年的颜色。

秋天我喜欢凝望，
经历了春的旺勃、
夏的任性，现在开始安静了。
站在霜里如月笼轻纱，
端庄而美丽，
在我看得见的地方。

秋天我喜欢沉思，
像土地一样不善言谈。
那么多路通达你的内心，
我不赶路，我在树上、
田野、山坡、路边
寻找熟悉的名字。
渴望与它们重逢，
用欣喜掩盖伤口。

秋天我喜欢等待，
等待叶子泛黄、飘落，

大地铺满赞叹。
等待果子的肉身成熟，
稻粟长成金子的模样。
等待残荷穿上蓑衣
不再仰望星空。

秋天我喜欢倾听，
如果有故事我想畅游其中。
如果没有我还有乡愁，
在脚下或头顶的天空。
再不然我的眼睛可以
穿过黑夜，将秋天
从一个世界搬进另一个世界。

2017 年 10 月 26 日

秋风词

秋虫咬破蝉鸣，入土为安
天空通透，掏不出更多白云

雨的脾气改了许多
秋水登场，江河不再惊慌

明月被反复提起，这个
星球的思念将在另一个星球点亮

古往今来，大地窖藏无数美酒
你我在月光下痛饮一杯

我们给自己出题、答题
且看秋风如何评判？

2019 年 8 月 16 日

海边遇天狗

午后的天空仿佛
接到神的旨意
所有云朝太阳赶来
蒿草站在咸涩的泥地里沉思
我与大海仰望苍穹

一片灰云化身天狗
把光当作粮食
太阳如烧红的灵魂
直扑天狗肉身
大海为之惊愕

水与天站在一起
波涛揉碎了远处的静谧
海鸥低回在我的血脉里
发出低沉的呼号

旷野无人，黄昏来不及
覆盖晚归的渔舟
唯有小风吹过深秋
抬头又见太阳
西天归来

2017 年 10 月 11 日

海滩观日出

在海风的吟哦里
我是一粒吹不动的沙子
等待
海浪一次一次反扑

昨夜,大海因月色而失眠
此刻为无法打开日出
抓狂
即使站在晨曦的咽喉上
也无法说出光与影的矛盾

我只能奉献脚印
不停地装下
歪歪斜斜的自己

2018 年 8 月 1 日改写

在海边

——致金英

面向大海你突然
被风偷走了年龄
阳光那么热烈
将你的微笑晒成金色

面向七月你突然
有放歌的冲动
千万朵浪花欢呼雀跃
涛声仿佛热烈的掌声

在流云的注视下
你解除了所有武装
每一次转身都展现
另一个你

除非卵石那样坚硬
否则海水会抹去你俏皮的倒影
而现在你正向晚霞致敬
落日奏响了黄昏的赞歌

2017 年 7 月 20 日

云和梯田

被绿色包裹的八月
田埂蜿蜒，阳光尖叫
每一层都站满水稻的青春

大山也有粮食的情怀
将土地分成若干细节
让雨水触摸种子的童年

那些隆起的部分曾走过
无数饭篮、茶壶
粗糙的点心与方言

风自谷底拾级而上
在每一层稍作停留
我看见水稻与青草相互致意

四十年前我也是一只勇敢的青蛙
站在田埂上蹲下身去
一口气跳过三块水田

2017 年 8 月 8 日

此时此刻的晚霞

晚霞将尘世的一部分染成
绛紫色,用太阳的余热
温暖穿越黑夜的花朵
黄昏让许多话成为多余
安静使一切变得空旷、遥远

我猜想晚霞未必是朝霞的老年
当树丛收回知了的争吵
鸟儿停止远距离串门
晚风会在灯火下复述
快乐与疲惫的一天

粗糙的一天伸出空荡荡的舌头
晚霞舍弃了所有表达
她的绚烂与从容
令人怀疑又向往

2017 年 7 月 21 日

千佛山

寺在深山中修行
山是寺最年长的弟子
日夜超度一草一木

路也与佛结缘
每座桥以及小憩的石凳
长满青苔和深邃的偈语

我看见清澈的露珠
在树叶上打坐
树叶之上天空亲吻着群山

可以安静如风在山中
听经诵，或如溪涧之水
与卵石吟小曲

我来得这样晚
只能将自己唱给你听
阳光坐在冰冷的石头上

2017 年 8 月 23 日

泥塘里的荷花

脚下没有水你也站在
六月的肩头勇敢地绽放。
把自己打开，让阳光进来
清风进来，细雨进来
抚摸你的青春。

秋天在远方等着。
现在，你站在高处
对着天空放歌。
每一次花开都奏响
大地动人的乐章。

2017 年 7 月 11 日

我想寄一场秋雨给
远方的你

无论喜和忧,天空已为大地
预约了几场像样的秋雨
无论远和近,故乡寄存着
一段又一段往事
无论高与低,高处的风景
低处的人生,都有各自的精彩
无论白与黑,光阴不会停留
不会将你留在过去

我现在唯一想做的是
将一场江南的秋雨
寄给你,让你的内心
流淌故乡的河流

2018 年 7 月 24 日

梅城放鱼

身着红衣 口吐莲花
嬉笑着挤成一堆
今天将嫁给新安江
也许富春江、钱塘江

水是你的花轿
将你送入洞房
阳光为你送行
半是青山 半是云天

你的嫁衣是相认的信物
转身时请与远山道别
岸上童年 江中故乡
重逢已是来世

2017 年 5 月 11 日

雨中听筝

大雨围堵的下午
农庄没有打伞
任雨水将绿叶、碎石
青草洗得发亮
池中游鱼在水中戏闹
不闻世事

房前女子手抚古筝
十指翻越高山
在齐腰深的爱情里
低眉颔首 浅吟轻唱
烟雨深处牡丹盛开

她的眼神暗香浮动
故乡、酒杯、旅愁在琴弦
交替行走，雨一直下
从屋檐流浪到泥土
像是要看清早年
埋葬的相思

2017 年 5 月 11 日

九姓渔村

江上岁月 船里乾坤
云水间悠悠飘忽
每个姓都经历战火淬炼
闪着寒光血泪
从鄱阳湖至严州
将往事沉入江中

几百年朝廷禁锢
种子难以亲近泥土
火星不得靠拢柴火
岸成了梦的边缘
春夏秋冬 白昼黑夜
被浪反复叩问

九姓渔村终于装下了
几辈子乡愁
在梅城鱼虾都认识
九姓渔民，也乐意成为
他们和游人的盘中常客

2017 年 5 月 11 日

最美的下午

五月的树弯腰
与清冽的江水握手。
午后的阳光热烈奔放，
夏天在成长，正经历青春。
山的上方白云炫耀蓝天高远，
浓绿扑面而来让人躲避不及。
绿道在树荫里倾斜或转弯，
在山和水之间忽隐忽现。

我从乾潭向梅城进发，
将一堆心事留在对岸。
我的左边细浪没过树的脚踝，
我的右边树木站在陡坡，
它们挺拔的姿势解除了
风的担忧。
举头凝视蓝天白云
侧耳倾听大江传说。
绿道被树木和江水宠爱着，
将午后装点成红尘桃源。

整个下午我都踩着绿色音符，
听江水吟哦。远处烟波浩渺
双塔凌云，山村整理着
从容的生活。阳光依旧明亮

但已收敛锋芒。
我遇见了最美的下午
在黄昏赶来之前。

2017 年 5 月 10 日

相约白塔湖

一船笑语划向水中央，
沿着春天的裙边缓缓前行。
嫩柳在风中展示
柔软的身段。
水杉站在冬天的位置，
此刻已换了新妆。
远山与农舍，我们暂且
离开你，在四月的指引下
钻进波光倒影。

每座岛都穿着不同的衣裳。
或艳丽如桃花，浓烈如郁金香
或文静如香草，飘逸如海棠……
曲径在花海随意伸展。
阳光弃舟登岸，从不同角度
调整人与花的姿势，
每一处都那么用心、灵动
一丝不苟。

树林让她们着迷，
小草仰望晴空，绿树俯视大地
她们在中间用伞作道具
与春天嬉闹。
直到风偷走她们的笑声，

小路送别她们的背影。

也许，多年以后
白塔湖积攒的快乐
将成为春日里
想你的理由

2017 年 4 月 7 日 晨

无人在意的赞美

寒风乍起，庭院换了秋装
叶子分成两派
一部分固执地绿着
另一部分开始脸红

草在冬眠前把泥土抓得
更紧，在最初的风里
将落叶扛在肩头
露水冰凉，偏喜欢
弄湿夜晚

两只乌鸦潜在暗处
等待忧伤的果实
季节的弃儿失手砸碎
衰草中的虫鸣

树枝因无叶越发沉默
在泥土柔软的伤口里
晚秋与初冬
暗送秋波

2016 年 11 月 24 日

雨入花心

门外的雨被雷声追赶
一阵紧似一阵
阳光淋成落汤鸡
我在窗前与篱上的豆花
相视而笑

我不说话
与下午茶相互触摸
彼此的心事
在温暖的倾诉中
白云飞过
昆明的秋天

2016 年 10 月 19 日

萤石博物馆

地下走上来的火焰，
被玻璃宠爱着。
五彩斑斓的肉身，
肋骨闪着泪光。

刀光剑影，每一寸厮杀
都刻满时间的血痕。
俯身是直而坚硬的哭泣，
失去家园的悲伤。

燃烧的秩序久已熄灭，
我终于听见玻璃的笑声。
千姿百态的光线，
骑着骏马离开白垩纪。

2018 年 10 月 10 日

湖上秋韵

诸神在夜色中
为一场秋雨庆生
九月多么好客，刚送走
第一批落叶
路上又挤满
赶路的丹桂

湖上烟波湿了几许
暗香，一叶扁舟从
唐诗驶向宋词
岸草无言，向大地交出
泛黄的答卷

天空俯下身子
端坐在碧水中央
双桨划开远山秋色
一群波浪迷失了
回家的归途

我攥着一把秋风
满怀都是白云的笑声

2018 年 9 月 18 日

夜　色

黄昏加深了渔火对
大海的深情
夜幕徐徐开启，我们
看到月亮对星空的忠诚

没有什么比黑发更容易
深入夜的内心
一座山就是一座岛
倾听波涛愤怒的呼吸

夜色读懂了你的眺望
港湾埋伏着风的翅膀

2018 年 9 月 4 日

踏　浪

——致美霞

退潮了，海滩露出流沙的皮肤
好客的浪花打湿了你的红裙
白纱巾飘起来，离开
玫瑰的怀抱

没有风是不可想象的
浪与沙交替沦陷　彼此
原谅
女人的黄昏还没有盛开
中间隔着海市蜃楼

2018 年 9 月 4 日

赏　荷

粉色的公主裙是七月的旗帜
花蕊向着阳光也向着天空
只有蜻蜓看清了花蕊里的
宫殿

风正失去耐心,将你的体香
散播四方。我比水面略高
躺在碧绿的华盖上
仰望你的幸福

2018 年 8 月 16 日

出　走

江水曲曲折折
在大海找到了亲人
我乘波涛越过
你们的边界

不同的颜色
一样的浪花
在阳光下作揖

打开内心才知道
彼此的不易
苦涩的自由抛弃了
贫穷的故乡

2018 年 8 月 1 日 改写

初秋夕照

正午的白云或太阳
走到了黄昏的边缘
此刻正在江上沉思

江的对面无数青果
埋伏在橘树林里
注视村庄头顶的舞台

远处，明月起身
从树林走向前台
努力站上群山的肩膀

静，连风也被省略
只有斑斓的光忙碌着
将江面织成火焰

薄薄的梦该穿秋衣了
夜凉如水，转身
又是重逢

2017 年 9 月 7 日

遍地桂花

丹桂抬头，八月的体香
倾倒在你路过的黄昏

紫薇挥着长鞭，轻轻
抽打天边的晚霞

夕阳老远就认出了你
那年的秋天又来串门

今夜我们一起吟唱，让歌声
沾满花香，引来秋虫围观

这还不够，我要让晚风系上
你的羞涩，而我手里依旧

握着你的心跳，掏出在时钟
里奔走的一轮明月

2019 年 9 月 10 日

林间的女人

银杏黄袍加身你便来此做皇后
在金色的迷宫里寻找
东宫西宫

林间有广阔的舞台
植物们啃着香甜的肉身
观看你的表演

没有花,是一座更大的花园
落叶为你端来座椅
喜欢的事物都愿意穿上
金色的外衣

叶子由青变黄什么也没说
叶子从树上掉落什么也没说
叶子从此地飘向远处什么也没说
你什么也不用说,我什么
都能听懂

2019 年 11 月 13 日

天坑地缝

白云丢失的斧头此刻
握在秋水手中
洞中神仙硝烟四起
除了一壶酽茶
再无一人观棋

岩石体内奔跑着火焰
流水一路练习飞翔
在小草身旁我看见甲壳虫
驮着沉重的行李
又一次告别故乡

峡谷浩荡,树叶一遍遍书写春秋
不断有水滴飞流直下
让缄默不语的群山一吐为快
低处的阳光来不及更衣
便化作一缕彩虹

山鹰进入客栈,酒旗飘扬
风招呼客人也有独到之处
夜色准备的晚餐在屋顶生长
天空幽蓝,高朋满座

没有一扇门可以将从未见过的事物

关在门外，无论我多么安静
卵石手捧经卷顾自吟哦
无始也无终

2019 年 10 月 11 日

黑山谷

黑山谷的当家人是一条小溪
日夜喧闹不停
每片绿叶都是青山的耳朵
听惯了这熟悉的乡音

流水和石头恩爱了几辈子
你难以从他们的笑声里
掏出甜言蜜语
小溪两岸除了浪花
已开不出别的花

四面八方的水在小溪的带领下
匆匆行走
我不能停步，不能眼看
山冈上的白云一秒一秒地老去
滑落秋天的肩膀

2019 年 10 月 10 日

水，灵魂的符号

远古的镜子流淌着人类表情，
大地因你而清澈。
在这座坚固的房子里，无数生命
用柔情潺潺吟唱
从高处向低处倾诉。

长江、黄河流淌着你的子孙，
中华大地写满你的小楷与狂草。
你的奔腾有庄严的力量，
改变世界也改变你我。
沙漠在找你，田野在找你
庄稼在找你，树木在找你
每个村落每条街巷都在找你，
你是眼睛能找到的最美的风景。

你永远不会老，总是那么年轻
千万年以前也是这个样子。
或许你的祖先已被上天收回，
然后再下凡人间。
一代又一代万古江河
一脉相承。大地最清楚你的方向，
碧波清流在时光里穿梭。
你时常成为天上的云彩
俯视人间。

你的呼喊也是流动的，
曾几何时，你的善良
时常被透支，
你因此郁闷烦躁。
你心里藏不住事，
无论身处何地从不
强颜欢笑，永远把喜怒
挂在脸上。你郁郁寡欢
城乡细小的管脉流淌着
你的忧戚与无奈。

所有因你而荣的风光
山的牵挂、河的期盼
湖的梦想，以及绿树的等待
都在远方失眠。

"绿水青山就是金山银山"
这颠不破的真理，
我们一遍又一遍擦拭。

新时代翻开新的一页，
祖国不会忘记你，
五千年中华文明因你而骄傲。

看！岸边匆匆的脚步
为你量体温、测心跳、开药方。
听说过你的保姆吗？
时刻关注你的呼吸，
河长、湖长们与你一起

栉风沐雨。

真水无香。你停步或疾走
都背负中国梦前行。
此刻我起身抚摸
你的脸颊和心愿，
在春天大声朗读对你
许下的诺言。

2019 年 7 月 19 日 改写

第三辑

风雨兼程

祷　词

从另一个方向回来
风还来不及写上碑文

旌旗上飘着歌声
黑蝴蝶用来缝补冬天

雨水根部有成排花房
而云端坐着退守的落日

我们一起出门，给醒来的草木
装上眼睛，看见自己长出新芽

垂柳调好琴弦，这一次登台
不再是流水清唱

我应该离鸟更近一些，登上高枝
倾听围拢过来的春的消息

2019 年 1 月 10 日

人间已无多余的悲伤

万物沿黄金螺线自我复制，
在时间的子宫里刻上暗号
树木站成自己满意的样子，
雨的内心
藏着江河的名字

水鸟入水之前也曾是
忙碌的中产阶级
现在，它扇动高贵的羽毛
向故乡作揖 去水中
安顿幸福的生活
鱼和我们一样在自己的方寸
里呼吸，乳房挤不出奶白的母爱

如果停下来，风会失去年龄
天空将云彩制成标本
却放纵闪电狂奔
季节野性十足，不同的果实
解释不同的真相

我路过或等待构成迷茫
的一部分，植物不会主动进攻
也不会向你靠近
一盏灯长出睫毛，即使

看不见远景 也能握住
眼前的温柔

大地仁慈包容我们虚妄的秘密
一切都按神圣的法则
抵达或消失。一只鸟
站在枝头复述昨夜梦境
无论梦是否睁开眼睛
我和你已无多余的悲伤

2019 年 2 月 13 日

必　须

我必须穿过十字路口
或地道，去马路对面就餐
我必须穿过四季
穿过阳光、细雨、风雪
穿过自己艰难或
轻松的每一天

我必须穿越中年
双手接住每一个春天或寒冬
人海里掩埋快乐与忧伤
我必须在红灯前沉思或顾盼
在绿灯时加快脚步

我必须被你引导
在时间的小方格里种下半世生活
我必须每天剃须出门
头发少了，胡子却不肯罢休

2018 年 7 月 10 日

窗　帘

比玻璃性感
窗的情人
不怕羞

没有被误解的真相
你看见的规则端坐在
主人的星座里

不出轨也可以给欲望
装上滑轮
让时间听到时间的回声

而牵手不全是为了完成
对上一次的删除

善良的光你进来
快帮我扶住靠墙站立的
另一半生活

2019 年 2 月 25 日

积　水

风里它是一摊碎银
被路人反复清点
仿佛一个逗号你必须
停顿或绕行

水的表面不够透明
所有人都摸不着底牌
而我相信时光医术高明
会缝补被水淹盖的伤口

水花开在路中央
不能保持直立的姿势
雨水跪在大地
低处的痛四处飞溅

2019 年 1 月 30 日

睡前帖

我对夜晚情有独钟,黑暗
遮住部分羞愧,
另一部分被灯火嘲笑。
抽身事外,用另一双
眼睛练习说话。
失去与得到常常走错
方向,不会转弯的光
独自哭泣。

在羽毛掩盖下,一只鸟
说出最初的悲欢。
万物彼此牵挂,心照不宣
新的一天依然我行我素。
谁握住了远方? 比时间
更认真地数着心跳。
看上去一切仅仅是开始,
而每一种可能都曾经活着
或已死去。

2018 年 11 月 23 日

变　迁

日出向东，日落向西
永无止境的车流
让天目山路再次怀孕。
除了怀上地铁，
也怀上了地下快速路。

树木离开季节，鲜花
告别沃土。
道路慷慨献身，异乡人
搬来故乡明月。冬日里
种下陌生的生活。

车轮对路的解读太认真了
想起刚刚做过的梦，现在
已经翻过序篇。
故事本身素面朝天，我们
却已相爱多年。

2018 年 11 月 30 日

086

不同的风景相互注视

这个冬天发育不良，天空几次低过山冈
涂改星星撒下的偈语。

风走错方向，不奇怪
我看见太阳流泪，阳光被细雨轻轻抽打。
灌木分成两派，有的开始动摇
脱下老去的秩序，
另一些安静下来送走尘世喧嚣。

我的眼睛猜不出枯花批评的爱情
能否复活，走累的故事掉队了吗？

不会有人问，也不可能有答案
落叶靠在长椅上分享事物本身。
日子就是这样，一边掩埋
过去，另一边忙于重新开始。

2018 年 12 月 5 日

美好的事物穿着深色外套

一些树木初冬穿上白靴
落叶在风中发出细碎的笑声

另一些将骨头染绿，以便
在雪的衣袖中探出头来

岩石伸了伸懒腰，盯着
脚下的河流欲言又止

山毛榉上睡着猫头鹰的耳朵
锋利的爪子已向黑夜道过晚安

别以为芦花醒来无所事事
忙碌的黑虫怎能猜透她的心思？

我的爱人拎着半个月亮
在幽蓝的池塘里清洗故乡

十一月将尽，美好的事物
没有褪色，而是穿上了深色外套

2019 年 11 月 18 日

走在凤起东路

走在凤起东路
两座立交，一条贴沙河
倾听道路喘息
即使红绿灯感冒了
也不影响城市呼吸

走在凤起东路
我细小如沙，完好如初
此生一段时光在这里注脚
除非潜入风中
没有什么事物会将我们省略

走在凤起东路
绕不开清晨与黄昏的纠缠
不同的脚步丈量不同的生活
在不同的人群里
遇见不同的自己

2018 年 11 月 18 日

泰国四题

一、芭提雅

清风搂腰，阳光深入海底
幸福的细沙被海浪
一遍遍拥抱
碧空如洗，波涛
如云彩下凡

灯火占领夜晚
灵与肉相互挤压、撞击
快乐也有醉意
不同肤色和语言在夜风中
缠绕
与大海一起呼吸

在海边，我们比沙子天真
渴望辽阔但不希望
与岸分离

二、泰式按摩

挤压拉伸从脚底开始，

关节发出清脆回音，
像是答应或拒绝
冒失的访客。

每一寸深入略显紧张
或期待，
肌肉欲言又止，
仿佛回避某件事实。
以不同姿势
走进身体的废墟，
你将遇见荒芜的自己。

三、国皇

国皇与佛住在一起
他在这里照看臣民
佛照看这个国家
家与国众生平等
犹如左手与右手

所有的土地都适宜
放置皇位，田野村落
大街小巷。每个人
心中都有一座皇宫
一位不走的家人

四、臣民

他们不习惯用血为历史断句，
他们只关心土地和国皇是否安好。
一个双手合十的国家，
将战争与暴力挡在门外。

世事简约、明亮
树木随意站立，无人为它们
接生。风越发任性
赤裸双脚大步轻走
旷野未受奴役，
万物在无形的法则里
悄然生长。

只有被时间宠坏的人，
才会那样泰然自若。
赤日炎炎，捧着一颗清凉的心
坐在菩提树下
等自己归来。

2017 年 2 月 24 日

星空帖

星空无垠将夜晚
磨成一个圆球
从地球的一端穿越
薄薄的黑夜,另一端
满月在风里流浪

万米高空,仰望与俯视
城乡各有睡姿
灯光被群山捧在手心
点状的生活在熟悉的地方
闪亮

现在,我比云彩更清晰
聆听万物流动
星空的淡定让梦羞愧
分不清时间和空间谁是主人
所有方向失去了动力

尘世的风雨已经入眠
云层之上,那么多慈祥的目光
互相簇拥 默默注视
你的名字正从星空返回
在我的体内飞翔

2017 年 2 月 21 日

给一张纸充电

给一张纸充电
充入我看到的朝霞
路过的风景
晨起的鸟鸣
偶遇的晚风
花开的声音

给一张纸充电
让它不再是身边的装饰
让它醒来 有活力
让它温暖

给一张纸充电
就像我随身携带的支付宝
朋友圈,每天与我互动

给一张纸充电
如古人一样在上面
播种书法、亲情或思念
甚至淡淡的忧伤

给一张纸充电
让它闪亮
仿佛一双眼睛

看见过去、现在与未来

给一张纸充电
从笔端连接内心
让光亮消耗黑暗
每一天,我们互道问候
互相倾诉
彼此陪伴

给一张纸充电……

2017 年 10 月 13 日

遥不可及的错误

在寂静的时光里
我在一张单程车票上栖身
我认识的阳光不理我
大地上的一切：树木、河流
赤裸的土堆、破屋、鸟鸣
天上的云彩，云彩后面的风暴
我不能重复
除非时间也不理我

播种和生长常常背道而驰
一切任性都无所谓对错
在决定命运之前
影子已等了千年
黑夜里它们被月色或灯火囚禁
沉默但一直活着
现在，我将记忆折叠起来
塞进口袋。我的眼睛
已被天空没收

群山那样老实
也可能被地壳摇醒
我只是顺着自转继续
自己的旅程。树与叶的诀别
沉着而老道

不可能的重逢被小风吹散
它们一定带走了什么
如此平静、安适

须臾之间我难以区分
每一次呼吸和心跳有何不同
河流的故乡并非大海
大海的故乡远在天上
一切难以预知,不可重复
否则风雨将指认我们
夺走我们仅有的恋情

2017 年 8 月 21 日

运河帖

官船带着圣旨从京城出发，
晓行夜宿 迤逦南行。
漕舫满载粮食由江南启程，
一路向北 运送故国生计。
百姓们各驾小舟搬运
庸常的生活，
日夜不息。

奢华威武从江面匆匆而过，
人世悲欢早已被江水抹平。
水路比陆路坚硬，
风雨徒叹奈何。
千年波澜接续迭代，
铸成岁月年轮。

所有航船都急着赶路，
唯独你成了风景。
城市里被花木和高楼宠爱，
在乡村，仿佛一位留守母亲
依偎土地与劳动，
不亢不卑。

2017 年 6 月 16 日

雨一直下

雨一直下,屋檐感冒了
门窗不敢收留多病的雨滴

远山戴着眼镜,我也戴着眼镜
因为潮湿我们看不清彼此

此时有风,便不是潇潇江南
雨水抵达的都是温柔

田野堆满黄金不能取走分毫
山坡再忙也要为桃花腾出闺房

我能替三月做的事情越来越少
无数新芽还不会开口说话

雨一直下,下得很认真
没有一棵树回头张望

2019 年 3 月 2 日

谁领走了我的冬天

阳光取走文字的水分，
我将它们装入行囊。
此刻,路是一首沉默的歌
只有脚印才能奏响。

秋已转身,冬还未来
几场小雨耽搁了它的行程。
一些花朵过早醒来，
在走失的季节里惊得合不拢嘴。

谁领走了我的冬天?
让我如此温暖地依偎江湖。
雨擦过的记忆,你爱过的细节
四季飘香。

阳光使一些琐事渺小、细碎，
风将你的名字吹进我眼里，
使我常有流泪的感觉。
我的血液里流淌着一只
银色的酒杯。
或许,我将又一次
被往事灌醉。

2017 年 12 月 18 日

夜　说

和灯光说再见，我摸过的文字
在纸上过夜。

夜的一面是白天的指纹，
另一面为梦腾出产床。

星光回头，风吃掉
自己的影子。

我领取的黑夜很纯洁，
光滑且有暖意。

往事酣睡不醒，
满天星斗与我无关。

我错过了爱你的最佳时机，
仿佛春天还在细雨里没有出发。

2019 年 1 月 3 日

疑　惑

冷空气要来是事先说好的
河说:冷空气昨晚从我身上走过
你看我都起了鸡皮疙瘩
树点点头,指着脚下说
冷空气还搜了我的身扒了我的衣

小草从落叶中探出头来
想听听身旁的桥怎么说
桥说:冷空气来没来
去问我头上的车轮

车轮只顾埋头赶路
它想,你们站着说话不腰疼
那是天上的事
我才懒得去问呢

　　　　　　　　　2017 年 11 月 30 日

每一刻

一杯色彩斑斓的冰淇淋
正与阳光热烈交谈
你的手如你的眼睛
看准了就挖下去

你取走了一部分造型
和色彩
也取走了一部分甜蜜

你取走的部分
没有遇到骨头的抵抗
你取走冰淇淋
内心的秘密

你取不走的伤口
学会了流泪
直至将你的午后淹没

2017 年 11 月 20 日

拂晓的一段时光

黑夜退去之前，中年已经醒来
徘徊在清晨的边缘
自己的夜到哪里都是
自己的
每天谦卑地领取一份黑暗

睁眼即世界，世界尚在沉睡
一些心事惯于假寐
另一些默默流泪
你的体内充满红色的火焰
随心跳起舞，我倾听
这单一的永恒的舞蹈

我听到了什么？梦的草稿
被越来越清脆的鸟鸣
一遍遍撕碎

2017 年 11 月 16 日

静静地等待

静静地等待,你在等
春天或许爱情
静静是你对生活的态度
优雅而从容

静静地等待,等待
一个人的闯入
仿佛将期待高高举起
化作浅浅的惊喜

静静地等待,等待
远处的脚步向梦靠拢
清晨出发的思念
黄昏独自返回

静静地等待,等时光
逐个点开疼痛的秘密
你在或不在
幸福不缺席,你是起身迟缓的那一个

2016 年 12 月 14 日

醉

囚在脑中的词语
获得释放
语言开始乱跑
多次重复

清晰的脸庞慢慢模糊
连灯光也显得疲劳
总有一种冲动
能跨越年龄
在放纵里
迷失自己

2017 年 10 月 31 日

经　过

夜色秋意正浓
灯火苗条而性感
杭大路的星辰
落进了诸位杯中

那么多故事倒毙在路上
一点点醉意也分成
红、黄、白三派
我只在语言里寻找丰收

明月瘦了，你也一样
谁坚持将今晚
护送到黎明？梦里
有月光的疼痛

2018 年 10 月 30 日

重阳登高

我们一出生就开始登高
每年一个台阶
现在，终于被往事追上了

心酸或黑暗的行李
一件一件丢弃
过去仰视的已在脚下

倦鸟归林，虚假的晚霞歌舞升平
此生冷暖肯定有不对的地方
来不及回首

正点与不正点都将到达
你和我一样空手
领走了今年的祝福

2018 年 10 月 17 日

遇　见

不同的水滴在雨夜结婚
他们的婚礼由闪电主持

之前没谈过恋爱，就直接生子
满世界奔跑流浪的后代

尘世潮湿的部分错落有致
我们相爱然后分离

影子里住着空白的人间
疲劳的火焰若隐若现

你有暗香就过来坐坐
我正被秋风挽留，落叶摇摇欲坠

2018 年 8 月 31 日

昼与夜

天空照料着大地
大地照料着泥土
泥土照料着祖先
祖先照料着我们
我们照料着子孙
子孙照料着星星
星星照料着夜空

夜空正忙着呢
为白日的疼痛
下葬。木鱼不爱
开腔说话

2018 年 8 月 31 日

目　光

婴孩的目光,清澈
一潭净水里
模糊的世界

少年的目光,好奇
熟悉的人。陌生的事
与理想称兄道弟

青年的目光,锐利
时常与自己较劲
汗水和泪水从体内私奔

中年的目光,深邃
快走不是目的
却是快乐的全部

老年的目光,沉静
一盏照亮自己的灯
让一些事物相亲相爱

你的目光我翻阅了半辈子
现在,我准备起身朗读

2018 年 8 月 27 日

枯　花

肌肉的青春渐渐风干
花朵如血　躲过时间的蹂躏
窗前，多少白云探过头来
想亲吻她的体香

花瓶正值壮年
瓶中供奉着母亲的眼泪
最后一滴也舍不得
遗落尘世

即使闪电那么猛烈
将我的梦劈为两半
我依然看见她的微笑
被黑夜紧紧呵护

2018 年 8 月 22 日

用自己的语言触摸世界

在自己的梦里做梦
不打扰尘世一草一木
所有的日子垒成年龄
一座越住越老的房子

在自己的脚印里飞翔
让路去解释未知
那么多美好都是过客
春风化雨流落远方

看见或听见也会被时光
捉弄,下半生应学会沉默
好在我有万千文字
可以用自己的语言
触摸这个世界

2018 年 7 月 25 日

最公平的地方

来到这里是自愿的
无人代你挨刀受痛

你必须找人倾诉
并让人明白你的无奈

谁在与命运争吵？每扇门
都关不住易碎的目光

人生的背面春天不在
只有沉默仍然活着

时光在床前经过
竟不肯带你一起远行

2018 年 6 月 13 日

选　择

我宁可得罪时间
也不想得罪这个世界
失去烦恼却收获了孤独

我宁可得罪思念
也不想得罪你
纵使繁花将我遗忘
也不怪绿叶无情

被我用旧的信念不肯低头
很小但很尖锐
像我自己的敌人

微风吹开的中年
已经很肥沃
画里种菜诗中栽花
星光下抚养离散的乡愁

2018 年 6 月 1 日

窗　前

推开窗去
够得着合欢树枝
一串串细叶
一簇簇花蕊

此刻，一个叫细雨的江南女子
在我的掌心演奏丝竹
看呀！那么多绿叶
泪流满面

而我只有歌声
被火红的咽喉囚禁着

2018 年 5 月 22 日

委 屈

清晨出门，车上布满露水
如一个泪流满面的孩子。
夜的委屈
只有白天知道。

2018 年 4 月 25 日

问　题

回归又离开
故乡和异乡不能握手言和。
我们只说出梦的一半
另一半在远方生病。

2018 年 4 月 25 日

多么好啊

多么好啊,你可以这样
轻易地握住快乐
按自己的意思将它变成人
或你想变的任何东西
唯独变不出眼泪
几天后,它们将趴在地上
大哭一场

多么好啊,将内心的温度调低
水也可以如此洁白
自天上奔向人间
盖住你我羞于说出的梦境
树木已不惊慌
与早起的人们一样
躬身向冰冷的黎明请罪

多么好啊,雪地上横七竖八的脚印
分不出贫穷与富贵
你看出它们的年龄了吗
现在,你又要我与你一起
用力掀起大地的一角

2018 年 1 月 29 日

119

解 救

黑夜在发育,灯光青春飞扬
所有的鼓点兴高采烈
渴望成为麦克风的学生

荧光棒站在座位上尖叫
还需要掌声吗?
那么老套的赞美

落叶鼾声如雷,冬夜里
醉得不省人事
有人给她灌下了一辈子的美酒

歌声还在喉咙里化妆
今晚的礼服沾满星光
夜色坚硬固若金汤

除了父母,月亮也怕他们着凉
命令嫦娥连夜为他们
赶制御寒的冬衣

2019 年 12 月 2 日

流　程

去年的阳光在今年
只停留了一会，
半个月来人们都在谈论。
没人喜欢，也没人
真的生气。

新年天气如何？
那是上天的事情。
人间上传的请示
正在一片云与另一片云之间
传阅批转。

2019 年 1 月 14 日

变　脸

贴沙河自北向南
每年都要带走几个人
有河点名的
有自己报名的
有无意中凑上的
有裸体，有着衣
有呼叫，有沉默
有年轻，有年老
有男的，也有女的……

波光粼粼，风在磨刀
仿佛在屠杀植物
不见鲜血
被绝望杀死的魂魄
一哄而散

2019 年 1 月 25 日

地铁 3 号线

遮阳网盖住泥土的伤口，
沿途的树木搬了家。
它们也赶上了拆迁，
比我先一步在郊区落脚。

许多梦想变成了地名，
城市的痛从此有了快感。
来自天南海北的建设者
每天翻开地层深处的往事。
午夜的灯火叫得出
他们每个人的名字。

向西,穿越京杭运河的故事
在天目山路的皮肤下
输送都市繁华。
蚂蚁穿上金服,西溪收藏
江南四季,流水走了
幸福还在原地。

向西,你一定会更年轻
无数愿景在城西扎根。
这个城市已将最美好的部分
播进了春天的土地。

2018 年 4 月 16 日

智慧磨亮你的光芒

——致君峰

江湖之远，莫过于心
每个人都不能收回过去
我们消费光阴
流泪、欢欣或感叹

千万条路径偏执而迷人
用行动与现实对话
石头压着的光芒，搬动它
才能发现

比空白神秘，海鸥
不敢在浪尖落脚
飞翔的翅膀收割残冬
不断长高的春天在
白云的客厅且歌且舞

2018 年 12 月 13 日

无法离开

蝉鸣为正午站岗
总要有一些声音赞美大地

一场小雨跑过尘世
将自己遗忘在落叶之上

少顷,阳光淌过积水
那么短暂,但已拘捕大部分暗香

雨天有伞让我愉快
无雨我享受它的寂寞

天空吐出舌头,把我当成她的孩子
城市的屋顶想不起自己的爱好

我们在另一条好脾气街上相遇
树木已剃掉了硬硬的胡须

2019 年 7 月 1 日

如 果

路，无数次回头
不是为了等待脚步

树木到处为家
没有沃土，站在石缝里也是好的

风小声喊出你的名字
但风不认识你

我在水中看见白云的眉毛
不能说河流用情专一

如果泥土能懂鸟语多好啊
可以给那么多植物讲授生死哲学

2019 年 6 月 23 日

遭　遇

能将时间咬出牙印
你不可能填平它
没有人和你讨价还价
根本也不需要

肌肉发达的钝刀
统治一堆生锈的逻辑
我们哭它不哭
我们笑它跟着落泪

2019 年 6 月 22 日

我来之前

我来之前，你在三月的花蕾里挥毫
旁边是身着浅绿长衫的秀才
一只蜜蜂端来茶水
今年的新茶配上谷雨春水
春天的指纹就这样留在
墨迹未干的书画上

我来之前，桃花有言在先
她邀约的相公在赶考路上
至于流水，还在给河床捶背
有情人爱在桃花的手帕上写诗
诗句被风雨抢去
虚构成一句悲凉的成语

我来之前，风带着闪电向天空求雨
而雷声藏在石头里还未找到
树丛开始倾倒飞鸟的情话
我必须告诉你，凌晨是黑夜的软肋
那些痛会在地上摔得粉碎

我来之前，春天从镜子中走了出来
将暖风披在身上
给我的手心倒上雨水
指引我与勤奋的花木相亲相爱

谁不勤奋呢？一切忙碌
似乎都击中了事物的要害

2019 年 6 月 12 日

一株艾草长在五月的伤口

它的头被收割后长出
更多的头
它的胃不装酒水和粮食

它体内溢出的汁液清香
明亮，没有胆固醇
它在自己的伤口里安卧

它省略脚步，按住心跳
不肯坠落在喧嚣的秩序里

它不像我们，多么忙碌啊
每天到处走动
发出奇怪的声音

2019 年 6 月 5 日

130

很少有空

一条进入中年的狗忽然自由了
陪着一帮中年人在小区散步

有时它会站在路边看你发动汽车
或追着你小跑几步

它的确无所事事，比我
还熟悉小区里的人

它现在是个素食主义者
吃着新鲜的青草和野菜

"它不会失眠吧"，有几次
我看它躺在墙脚似睡非睡

2019 年 7 月 5 日

来　临

潜伏半夜的雨怒了
穿过黑暗
喊醒路灯,喊醒树影

喊醒空无一人的道路
雨在雨中交谈,还有蛙鸣
谁也盖不住彼此表达

我确信,天空有权修改今年夏天
神的每次再版都有喜欢的理由

山依旧,水却不一定
黎明将梦搬空
雨的碎片可以止痛

2019 年 5 月 26 日

满，小满

有人说小满是人生的最佳状态。
所有柔软或坚硬的组织
都还活着，没有浪费

我们必须走进一个圈或坐在
一只桶内，和事物划清界限
真理很大，我们取其中的一部分

谁都有来不及穿衣的时候
风雨敲门尚可点灯
不愿搬动的友情像时间的骨头

玻璃与陶瓷光洁而易碎
黑暗对它们一视同仁
没有光线走动你不知道窗户的选择

我想在田野找出贫困的植物
我失败了。万物低声交谈
再也不必寻找另一个天堂

2019 年 5 月 21 日

边　缘

灵魂飘忽，未知归期
骨头开始争吵
流动的梦境失去双桨
在心跳的猛烈撞击下
今生的门只放一束光进来

山长出眼睛。睫毛的森林
星空幽暗，虎皮在龙椅喘息
火焰站上松枝向高处眺望
我确信，语言失声已
无法行走

另一个天堂被咽喉封锁
失败的嗅觉落荒而逃
饥饿低头，仙乐乘风而来
新的逻辑不可阻挡
将填满记忆抽身离开
留下的所有缺口

2019 年 5 月 10 日

边　界

遥远是眼前的重复
我们爱它，废墟中活埋的旗帜

树木越过屋顶听到风的警告
离天空越近恐惧越深

年年此时，花在低处给春天写信
流水也是。野草长高学会了鞠躬

最深的地方你无法抵达
谁也没听过蚂蚁的笑声

黑暗可以证明时间不怕受伤
仇恨无法弄脏彼此的光芒

一望无际的歌声波涛汹涌
我不担心种子在泥土没有崇高的理想

2019 年 5 月 8 日

秋　思

低头比昂首更让秋天欣喜
大地的赞叹使白云沉思
生活中的一切因有沉重的获得感
而不须惊慌,我们睁眼
看到幸福或忧伤

流水顺手撷取花瓣和落叶
也许要用一双眼睛为河岸修正记忆
好吧,让风大步轻走
紧一阵松一阵迎接寒冬

玫瑰再一次怒放,她的眼里
满是血色吻印,如果秋菊也这样想
应有一杯美酒助黄叶
坠落又飘扬。高山沉默
将色彩编成花环

我们还有许多个秋天和冬天不会
释放疲劳,我们的耐心握在时间手里
天空的哨鸽吹响,女孩肩上
轻轻落下爱的羽毛

2019 年 11 月 8 日

雨天随想

雨在江河寻找故乡
或抛弃故乡

仿佛无脚的坐骑
将想说的话穿在身上

谁弄脏了自己？
不是气象预报

我只顾赶路
伞却一次次伸手
取走天空的善念

2019 年 7 月 10 日

雨　后

阳光落下来,那么多想晒的欲望
包括空气。树荫略显多余

白云摊薄之后,你看见了多云
这门古老的手艺不会失传

树的腰间藏着无数蝉鸣
冗长犀利的发言刺痛风的眼睛

我没有认真倾听
耳朵塞满行李像要远行

只有你最适合站成一株玫瑰
随时身带殷红的闪电

2019 年 7 月 14 日

138

雷阵雨(局部)

云相约下凡
雨横着走
从天空杀向大地

地上没有仇人
歌声在搬家
屋檐对我说:"停一停吧!"

此时,闪电突然转身
一个响亮的敬礼
吓坏了路边的月季

低处或更低处
水在狂欢
它们高兴植物也高兴

风再大也吹不动雨的草书
我穿过局部,终于抵达
这个下午的最深处

2019 年 7 月 17 日

追　雨

太阳寄来的快递
排成一串高温的日子
白云背着闪电
遁迹江湖

植物郁郁寡欢。忽略
熟人和朋友
有人努力从毛孔将
昨天的自己赶走

水自己也在喊渴
自从爱上人间，像我一样
时常失眠

2019 年 8 月 1 日

移　动

可能是复制的，或许是召唤
在我们中间来回传信

多年来一直拒绝奔跑
无限接近又随意离开

有时和流量打官司
将远方当作被告

断线的风筝已把好日子
系在白云的手腕上

不怕被雨淋湿，被风吹散
我在另一个屋檐下等你

仿佛一滴下坠的水珠
努力将自己的一生拉长

2019 年 7 月 30 日

一切正在结束或开始

生活太胖了,不适应
消瘦的世界
我要减轻自己
让多余的脂肪无法呼救

汽车一直在健身
尝试各种主食
使呼吸变成绿色
像阳光一样没有异味

颜色革命已经开始
垃圾在不同的居所发表宣言
我们得看清楚了
小心翼翼地将它们还给自然

水中,另一种黑暗已经结束
鱼儿离开中世纪
在歌声的翅膀停留或飞翔
房子附近住满白云

我应该如雨滴一般控制规模
离开自己,但不改变
行动的方向

2019 年 8 月 9 日

台风来过了

台风来过了。狂风搬运了
多少雨滴
只有风知道

海上出发时也没想弄多大事
只是走着走着胆子
越来越大，开始打家劫舍
让一些人消失在泥石之中

暴雨撕开的世界
被反复重视
河流惊讶地发现
只要愿意，也可以进城
甚至去低处的人家小坐

台风来过了。些许清凉
又让残枝落叶带走了
心急的汗水走出家门，和我一样
忙着为先前的生活
打好补丁

2019 年 8 月 11 日

余　生

每天都走回头路，约有
七八公里，年轻时
没有走够的路，现在补课

这一生总是走走停停
风雪过后又是春天
我到过的每个季节也在走
一年又一年，它们不疲倦
我也不疲倦

一些水住在豪宅里
关着禁闭
另一些身披落花、残枝
在大地闯荡

我是流动的，内心尚有
花开的喜悦。如果有一天
我没有了脚印，不奇怪
我正在一朵白云里
长久地沉思

2019 年 8 月 20 日

144

烈日下

知了在角落里欢叫
屋顶的麻雀走走停停
若有所思,风中一株树
难以安静地站立

云在天上怀孕,傍晚时分
将临盆分娩
小孩的名字叫
水生

2017 年 7 月 11 日

限　行

每周总有一天汽车限行，
我就乘公交车进城。
自从买了汽车，必须
记得限行的日子，
像记住自己或亲人的生日。

即使不限行，有的路
也布满限行的陷阱，
不小心就得挨罚。
我的一生一直被限行，
否则我不会来到这里。

我不来这里
你怎么知道我
一直被限行？

2019 年 3 月 20 日

指　认

一截渔网迷失在桥墩，
低处的水视而不见。
网上困着一条小鱼，
生前咬破了自己的故乡。

它那么认真地将自己风干，
仿佛一把没有开锋的匕首
衔在风的嘴里

我相信所有死亡都有
自己的安放仪式，
而毁灭在看见或看不见的地方
等待时间指认。

2019 年 4 月 21 日

声 音

光的对面站着黑暗
黑暗没有邻居

席地而坐，和衣而卧
四面八方都是故乡

谁的心里都端坐着春天
供养修行的一草一木

唯有从你嘴里释放的世界
让我欢喜让我忧

2019 年 7 月 2 日

第四辑

白驹过隙

时间上雕刻自己

每个人都是这世界的工匠
用一生雕刻自己的悲欢

每个人都在与命运下棋
黑暗的子宫里执黑先行

每个人都手握一把利刃
杀死悲伤、绝望，释放快乐

每个人都默然前行
在阳光下被浮华围猎

每个人都觉得自己的风雨
不同于别人的风雨

我们继续活着，好客的清风
不时送来远处的花香

2018 年 2 月 6 日

眼　前

日子飞走了,花草留下来
凝视我的院子

我们相互牵挂
复制彼此的内心

合欢树将自己的冬天击碎
不愿谈论平庸的爱情

这一小片土地比我机灵
不像我,扯开嗓子却忘了歌词

2018 年 1 月 9 日

七　夕

长夜弯腰，为爱搭桥
天上的一家被星辰宠爱着

人间，多少灯火失眠
在网里畅游、穿梭，为梦忙碌

每条路都少不了桥，河流累了
也需要找路说话

我独自站着，等待月色开卷
写上我的快乐与忧愁

2019 年 8 月 6 日

153

日落帖

她将黄昏托在手里
不断变换姿势
为刚刚登基的夕阳加冕

她的梦里曾有驼队经过
她试着用宽大的衣袂
裹住晚霞的歌声

没有水的大海无色无香
她转身，骑一匹瘦马
摘取落日余晖

今夜会有星星偷窥抒情的脚印吗
她这样想着，一出手
洁白的丝巾钩住了远山的雪峰

2019 年 7 月 23 日

良　渚

陶片哭泣了吗
它们终于熬成了大地的舍利子

五千年，我们只分泌汗水和泪滴
圆而光滑的表面刻着虫鱼飞鸟

粮食与陶罐听惯了良渚方言
草舍、河流竟藏不住片言只语

你说玄鸟握有上天神谒
但需要站在玉铖上发号施令

只有一个人可以穿过玉琮
身无佩剑也能斩断虎啸狼嚎

蛰龙在天，水与城各怀心事
风小声喊出你的名字

良渚良渚，月光下的歌声
又飘进梦的城堡

2019 年 7 月 7 日

冬　至

衰草在旷野奔跑
垂柳披发而行
风吟处，夕阳受戒
为刚刚剃度的树木
诵经

落日的内心装着一千个
心愿，每个心愿都
渴望与月光幽会
高天之下，白银遍地

西天坐满真身，落叶回家
短暂的晚霞寂静而理智
屋檐滴下夜色
像灯火的客人进入
厅堂

2018 年 12 月 22 日

除 夕

牵挂的人注定要
从牵挂的事中走出来

没有大事要发生
卸下风尘，留给旅途

一个人在自己的一年里演说
爆竹的掌声不算太迟

屋里有酒，风雪都在门外
往事不善饮也可以醉一醉

我从熟悉的风景中隐去
在另一片旧时光里继续生长

2019 年 2 月 4 日

十二月

或深或浅的白，冬天
渐入佳境
女人的裙边镶满月光

谁也不能打断河流总结
风也不能。鱼儿只做自己喜欢的事
省略的规则难以表达

正面看你是十一个月的大哥
转身，你的肉体绣着梅花
还没有落地

马长翅膀，牛下金蛋
都没有实现。这也无妨
我们已将钟声攥在手心

看！火焰挺直腰板
正用力将日子掀开
取出光芒四射的颂词

2018 年 12 月 19 日

小　寒

树木消瘦　枝上的账单
握在手里
向谁清算？

寒冬渐入佳境　冷雨
逆向生长　一间屋子
装下一个春天

随便什么时候我会从
一壶酒中遇见真性
一场欢笑里找到远方

夜色微醺　年龄睡去
没有梦将错过梦笑的声音
这美好期待已久

杭大路的小寒与别处不同
龙宫无龙　我带来的风雪
让灯火分给了众人

2019 年 1 月 6 日

年终帖

落叶背着一小片春秋
远走他乡
我从收留的日子里
取出刀枪
天空鸣金收兵

现在看，年初就像孩童
抚养一年
也没懂事多少
甚至给我难堪
一些果子堆在角落
熟透之后将还给种子

一路走得匆忙，没有
将理由放进口袋
草木渐枯，你不能说
它们厌倦了红尘
或许正在定义另一种存在

风雨也有营养，岁月清澈
并非空无一物
所有答案都在路上
孩童的快乐坚硬而光亮

像一枚小小的火苗
握在手上

2018 年 12 月 29 日

二 月

被雨水反复宠爱
比冬天瘦
比春天素雅
茶园醒了，竖起耳朵
嫩芽的心思不告诉你

江河欢腾却没有
夏日的勇敢
落叶的大树失去边界
谁害上了相思病
在风中丢弃甜言蜜语？

高山上仙女又修炼了一年
毛毛虫伸了伸懒腰
地上便落满孩子的叫喊
我常常身披细雨
在大地宽阔的衣袂里穿行

天机不可泄露
春雷发声之前，黑夜
会用闪电的语言复述
春天的故事

2019 年 2 月 21 日

偏　方

大雨过后，一只翠鸟依旧
在树上呼唤或控诉
它有多少心事？无人知晓
它的幸福，树连一半都不肯接受

这场雨让它更加伤心
雨和雨在说什么？那么急迫地
主宰了大地，很快又与木槿花
握手道别

听说台风懂一点冬病夏治
台风坐诊，又吓坏了有病的人间
这让我想起世间的偏方
没有一张笑容可掬
全都铁青着脸
不肯放过一句谎言

2019 年 8 月 4 日

古城小夜曲

灯火在菩萨面前诵经
月色低过石桥，盖住流水交谈
今晚陆游有一场重要约会
他要亲手将沈园搬进宋词

桥的另一边，徐渭头戴毡帽走出
青藤书屋，一步跨进乌漆台门
青瓷酒杯斟满沈永和黄酒
红灯笼里走出春桃、夏莲、秋菊、冬梅

小巷深处，琴声探出头来
与晚风调笑，将夜的美好无限放大
我看到桨声舔着性感的舌头
一步一摇送一个娇艳女子
远走他乡

2019 年 11 月 5 日

秋日私语

金黄的稻谷羞于抬头，微风
在江面捞取白云

泥土几千岁依旧抚养发白的根须
母亲是没有年龄的旗帜

当路站起来将桥举过头顶
一条河流在我体内消失

裂果的想法伤害了一些人的期待
只有空气不会作假，因为鼻子不想作假

尽管烟是有罪的，也不影响田鼠
安静地喝水，翻遍田野的口袋

我不能靠近芦苇轻盈的绒花
她一激动便会许身某个陌生的地址

秋天不落锁，请不要随便留下什么
或提前取走什么

2019 年 10 月 18 日

看房记

墙壁渗出另一种自由
有人将它塞进砖缝
生锈的骨骼不肯再见雨水
黑暗中抱紧时间
窗户，风景的仆人
每天擦拭自己

不同的人群组成不同的班组
在建筑的逻辑里互道早安
一堆美学符号渐渐长出
皮肤，皮肤上的乡愁
会随汗水风干

另一侧，草皮在门前空地撒欢
树木正与陌生的泥土交涉
喷泉还没有发育
流水素面朝天
没有梳妆，也没有灯光垂怜

用旧的生活将登上高楼，我无法
向你详细描述
太阳在屋顶站了一会，转身
又去云端商量别的事情

2019 年 3 月 5 日

天亮之前

天亮之前路灯还活着
汽车比白天年轻
跑得又快又稳

天亮之前月亮在江面做客
码头停止表演
流水卸下一天的疲劳

天亮之前所有翅膀
不再轻浮，女人的呼吸
充满爱意

谁睁开眼睛都不是时间的错
梦拆开之后找到
孤独的囚笼

我一直没有说话
从自己的嘴里
取出甜蜜的睡眠

2019 年 3 月 1 日

阴

比晴天克制，天空
想要说的话
暂时不告诉你

爱情从镜子里出逃
落下陈伤，谁的幸福
高过了冬天的肩膀？

下一刻，应该有沉默的背影
为春天献身。而现在
我们不得不垂下头去翻看
大地的情书

2018 年 12 月 27 日

找 人

我们一辈子都在找人
有时睁着眼睛找
称之为"捉迷藏"
有时蒙着眼睛找
乡下土话叫"摸盲"

我们不分昼夜都在找人
反过来也一样
有人也在找我们

我从乡间来到都市
以为人多的地方有我
找的人，现在
我已放弃了这样的想法
背着乡愁赶路的人
和我一样，满脸是汗
不肯歇脚

2018 年 12 月 14 日

火　焰

火焰深藏岩石
冒烟的猎枪轻如飞雪
风的水袖
长满森林的眼睛

闪电立下军令状
仿佛想改变夜的秩序
并与黑暗深情舌吻
顽石热血贲张

火苗举着蓝色的方言
用最小的声音重构事物一角
我只能后退，与不断
产生的意义保持距离

这一小片温柔深爱低处众生
如你所见，群山找回失去的童年
所有影子找到了
自己的肉身

2018 年 11 月 26 日

今 天

我在大街上走着,落叶忍不住
扑下身子,它要向大地说些什么?
的确,除了脚步
风也不能留住什么。
越往冬天,越是深恋阳光
阳光正在穿越今天的秩序。
猫的梦想与我们类似,
轻手轻脚抓取想要的生活。
毫无疑问,我们一直在为一些谎言打工
练习爱你的方式或力度。
微笑也要标出产地,过了保质期
便是一堆垃圾。
那么多事被我们脱下又穿上,
白白浪费了太多时间。
每天,我只让春天的茶叶在杯中舞蹈,
并将滚烫的欲念冲入其中。

2018 年 11 月 23 日

霜

习惯于在暗夜行走
习惯于被寒冷宠坏的冬季
做一个赖床的学生

白得轻盈、辽阔
悄无声息，从不与阳光争辩
我们的辉煌穿着寒冷的

外衣。比雪来得早
又比雪走得晚
中间是失眠的人间

2017 年 12 月 20 日

共享单车

我共享你，你不能共享我
人生实行分餐制

除了自己，每一段旅程
只有一个乘客——目的地

抵达的喜悦随意而凌乱
人们谈春天，谈爱情

谈一切与钱有关的故事
或传奇，唯独不谈

你是否站对了位置

2017 年 7 月 26 日

中年况味

寂寞追赶白发
时间盗走往事
一些记忆一边生长
一边死亡

抬头，认真地看一回天空
看疲劳的云朵在头顶打坐
我也应该静下来
像树木一样内敛
将来生交给土地

一杯茶可以占领一个下午
这个下午一定清香四溢
阳光就在唇边
清风路过河岸时
梨花停止了歌唱

我的内心习惯于用声音照明
现在，我应该起身
与下午两点握手

2018 年 4 月 26 日

忽然热闹的中年

少年贫穷,赤脚赶山路
荆棘割肤 乱石硌脚
不觉其苦

青年挥汗,梦中挪乾坤
他乡若故乡 行走江湖
万难不辞

中年,忽然热闹起来
微信里晒百味人生
成败得失皆有缘
相逢一笑

原来我们身后是扇门
此刻,才从这扇门里出来
这么多年不见,原来谁也没走远
刚刚醒来的名字叫出了
另一个尘封的名字

2016 年 12 月 1 日

中年遭遇二维码

这方小小的印章
刻着前世今生
将世界的声音
盖在时间之上

这首小小的窗户
收留无限风光
放大或缩小
都在等待打开

我身无长物
却一次次被挽留
眺望风景或在
某个细节停留

这世界到处都有
这样热情的手
你的手伸过去
便握住了梦的一角

2017 年 6 月 29 日

过金华

上次来的心情
这几年旧了
动车换成高铁
翻动日子的速度
更快了

上次结下的缘
这几年远了
一颗飘忽的心
正追赶夕阳
越来越近的黄昏
抱紧了往事

上次说过的话
成了独白
春天来临时
我假装是风
来过,但不告诉你

2017 年 6 月 8 日

惑

我们期待河面表情生动
水体清澈，激情奔放
而河依旧我行我素，面露菜色
让你看不到她的内心

有人每天将她听不懂的新名词
扔进河里，岸上写满炽热的誓言
她看不懂二维码不会晒图片
也没有朋友圈
而我们已将她加入微信

2017 年 4 月 21 日

夜的一部分

零点已过，一天的童年
被路灯抚养着

一辆很酷的摩托驶过
耳边。收走夜的寂静
与后悔

我不反抗。只想
跟着声音流浪
枕在一片落叶上

如月色一样轻声吟唱
或模仿云层，往返
黑白人间

2018 年 9 月 26 日

消　失

花园不大，一半铺石块
一半让泥土裸着
这样阳光不会空手而归
手上会沾满泥土的气息
当然，风也有抓手
它掀动了从前的黑暗

蚂蚁的天涯，背着自己的影子
行进在同伴的影子里
花在花坛度过蜜月
享用赞美之后
留下绿叶与枝干继续
消费地力与雨水
现在只愿与蚊子待在一起

我已想不起种什么词句
才能让花园生机重现？
我担心，花与花园已悄悄
将对方删除

2018 年 8 月 23 日

在普陀

一盏佛灯照着一堆心事
只允许自己看见

过海时白云瞟了一眼
在岛上清风摸了一遍

细语或沉默
自有香火为你奔走

各种问题闭上眼睛
愿它们长眠不醒

我站在悲欢里，目接慈祥
往事失去了它的体温

2018 年 8 月 1 日 改写

磐陀石

高居众石之上
其实你还在山腰
看似摇摇欲坠
其实你已站了千年
惯看海上风云
其实你心如止水
终年一言不发
其实你在心中熟背经文
众生仰视、平视、俯视
其实你视而不见

2018 年 6 月 27 日

云

神的座驾
收集天空的气味
戏弄阳光
直到大地流泪

星星的阶下囚
又拦住了一群
下凡的月色

2018 年 7 月 11 日

后半生

一棵树从前院迁到屋后
认识了新的泥土，以及
周边的每一棵杂草
彼此像邻居一样互相点头致意

它不能确定自己的未来
它的部分叶子开始变黄
风便顺手将枯叶撒向空中
如纸钱一般飘舞

它怀疑自己站在墓穴里
并不得不把自己当成难民

2018 年 5 月 24 日

你将一个下午坐成风景

以大海为界,蓝天、白云
验证自由的翅膀。
波涛拨弄午后的阳光,
你将故事系在栈桥尽头,
用草帽轻轻盖住。
纤足高出海面羞怯地
在浪尖倾听或张望。

这一刻,风是翻不过去的。
大海宠爱的粉色,
将一个下午坐成风景。
你尽量把自己缩小成呼吸,
在熟悉的名字里耕耘思念。
海天之间,涛声是唯一不用翻译的倾听
或倾诉。

2018 年 3 月 8 日

挂在墙上的往事

胜丰村墙上挂满了
胜丰人画的往事
满满四大间，将遥远的过去
装进画框
村里的每个人都在
画框里找到了
祖辈的童年
父辈的童年
自己的童年

土里刨食，水上劳作
凉亭中谈天说地
古桥上呼朋唤友
茶馆那么小
却是长者的模样
乡愁一船一船从门前驶过

风吹来糖糕的香味
如吴侬软语一般甜糯
粮垛堆满田野的骄傲

粮食成了那些年
村里的主心骨
温暖贫瘠的往日……

这些土地一样朴实的画作
仿佛胜丰村的长辈
想念他们的时候
你会在画前久久
不忍离去

2017 年 6 月 14 日

最后二十年

——谒中山大学陈寅恪故居

最后二十年如一首悲歌
四壁回荡 千古绝响
楼不高却装下了
二十年清风明月

最后二十年你用思想
触摸这个世界
让知识站在你摸得到的地方
将忧伤夹进书页

最后二十年你离天空更近
常常在书海里奔走、喟叹
仿佛一本活字典，坐在
一把老式藤椅上守护学人尊严

最后二十年命运收回你的脚步
长夜覆盖你的视野
你的血脉流动人性的光芒
你的内心依旧明亮……

冬日的早晨，故居的窗开着

打量我这个陌生的访客
半个世纪过去了，这扇窗
像是先生含泪的注视

2017 年 11 月 29 日

彼时明月

唐朝,月亮中了头彩
天空的耳朵掉进离愁
无数河流被高山打败
静下来听落叶吟诗

一匹瘦马在家书里吃草
月色丰美但不长庄稼
小楼窗棂犹如一口深井
藏着多少纤细花语

星空建立的王朝
不费人间一砖一瓦
女人手里攥着一把碎银
等待一辆天宝年间的马车

风死了,仍有战鼓在远方厮杀
女人的心事又往土里
埋了一截

2019 年 9 月 17 日

欢　欣

树上的果子再沉也要和
大地保持一定距离

群山默然不语，挑开白云
等待天空第一声雁鸣

季节的彩笔在雨水那里
用一阵阵清凉为万物上色

豌豆荚已没有豌豆公主
地下埋着背不动的喜事

她在歌声里种熟悉的名字
为往事缝制新衣

院子里，秋天跷着二郎腿
看落叶返家，纷纷回到自己的餐桌

2019 年 9 月 3 日

第五辑

故土乡情

泥 庐

远远望去山坡上还住着
几十年前的穷亲戚
身穿黄土、碎石缝制的粗布衣
头戴盛满风雨的旧草帽

高处或低处牛羊出走多年
村庄的名字如顽石
正在溪边晒着太阳
远道而来的人找到了失散的亲人

曾经堆满稻草、牛粪，听惯老牛
咀嚼一天劳累的土坯房
住进了书籍、咖啡、文房四宝
西北风傻了眼，以为走错了家门

呼吸，最初的天空
头顶有大片的蓝等待你去书写
现在让我们坐下来
与身边的山水聊聊家常

2018 年 1 月 19 日

草莓节

红。潮湿的火焰
让一个节日酸酸甜甜
闺房有待嫁的红装
用钢铁的骨骼
留住太阳的温度

和其他节日一样
顺着地球自转。但此刻
我可以拿在手里品尝
三百年历史。从欧洲到东方
东方的爱情没有这么张扬

我庆幸所有草莓都取了
女性的名字。她们的青春
从浅红走向深红
掌声响起来,绿叶
挽紧了泥土的臂膀

2018 年 1 月 16 日

土地帖

土地不与季节为敌，
空气、阳光交换的密码
被雨水破译。
事实上，雨水并未走远，
时常进入土地内心，
而阳光不能。

现在，大地将绿色交给蔬菜
它们年少而自信，你不可能
见到它们的老年。
水稻已在秋后问斩，
稻秆还站在冷水田里
唱着丰收之歌。

寒冬来临，山更高了
沉默的事物太多，
树木卸下耳朵不再
倾听虫鸣鸟啾。
屋顶专注天空，炊烟则忧伤地离开。

无论如何，我们已打算好
给下一个季节的题目。
种子、肥料、农具争相发言，
我们只准备了劳动的盐分——汗水。

不用感谢，一切都在
大地掌控之中。

2019 年 1 月 4 日

农业帖

活了几千年的祖宗
越活越年轻了
种在岁月里的庄稼和我们
一样活了无数代

大地的主人，供奉
皇朝与战争
养育农耕文明
战火不曾使你惊慌

你身上结满祖辈的汗渍
但大多数收成是上天
与土地商量的结果
先辈们只是打个下手

你是劳动可以倾诉的
最近的亲人，旷野的门开着
二十四节气轮流值班
我厌憎的保姆，抚育了
我的童年。粘着稻麦
与瓜果的清香
我在你怀里撒野、淘气
获得应有的疼痛

正面看你像父亲
最了解作物的心思
终年在野外劳作
日晒雨淋、一声不吭

而你的背影写满母亲的唠叨
和牵挂，一家人的衣食
甚至花销都在你手里
你是家里的顶梁柱

你和土地相亲相爱
老人们像守护祖宅一样
守护你，陪伴你
你是乡村的魂

曾经离开的年轻人回来了
他们把你从风雨中
请进四季如春的新居
教你操作电脑，学会

与水、温、药、肥交谈
并成为它们的亲密爱人
你像一个老顽童
享受新奇的生活

不流汗也可以有丰收的
喜悦？这让我年迈的父母
不敢相认，你却记得
一草一木的乳名

没有谁比你更懂祖国的心思
从远古到如今，你走得那么艰辛
那么稳健，有梦的地方
你从来不会缺席

没有谁比你更忙碌
昨天在城市里演说
今日又在田头躬行
好客的乡村不让你离开家园

我们给你装上耳朵和手臂
你过去喂养的脑袋
现在要与你一起思索
追赶新时代的中国梦

2019 年 3 月 9 日

乡愁穿上新衣

黛瓦谦卑，侧身而卧
覆盖村庄年龄
白石灰任性抹去
门窗皱纹
老井有了新围脖
圈住往昔喧闹

水还是那么重
石板还是那么硬
总将吊桶磕疼

碎石子在土路上行进、定居
我认识的水塘
却不认识我
不知何时小鸟也有了城里口音

景观石蹲在路口
仿佛村庄的假牙
巨幅远景图拦住路人
一些话让人沉思
另一些令人向往

2016 年 10 月 27 日

鲁家村

一

鲁家村穿着晚清的外衣
一百多年前的某天，山川的忌日
邻家小妹、路边老翁、哺乳大嫂
扶犁汉子、灶边母亲……
所有行走的生命
凝固在血泊中
胆小的蚂蚁吓得躲进泥土
飞鸟也不敢出声
刀剑斩断了哀号
却斩不断流水喧哗

二

鲁家村成了失声的孤儿
黑暗是它的粮食
风雨将头盖骨上的姓氏
交给泥土，泥土揩净了大地血痕
那个被大清朝得罪的落魄书生
风卷残云，在国家的脸上剜肉补疮
落叶每年会给大地一些温暖

鲁家村依旧饥寒交迫
每一寸山河都是刚烈的汉子
守着坚不可摧的尊严

三

鲁家村还在路边等鲁家人
翻遍春天的每一页找不出
一个姓鲁的人。几处旧宅
作别风雨,抹去刀光剑影
满脸泪水的汉子、嗷嗷待哺的婴儿
妇人的嘶喊与义犬的狂吠
沉入河中或飞向云端
炊烟忧伤地徘徊
再也听不到熟悉的乡音

四

外乡人带着清苦的生活
走进鲁家村
以简朴的生计落籍山林
老宅不知前世今生
如今也成了前辈
鲁家小火车载着笑语
在时光褶皱里穿梭
山冈、洼地、小溪、野径
坐在宽敞的春风里相互致意

乡愁醒来,被远方的人们
反复抚摸、体验
村庄淡淡的体香让人
迷恋或沉思

2017 年 4 月 11 日

鲁家小火车

站台、铁轨、车厢
甜美的播音
空中飞来一声鸽哨
鲁家小火车出发了

全程七公里，穿过小河、桥涵
田野，途经十八个村庄
每个村庄都身怀绝技
仿佛一首精美的小诗
读着读着你就
出不来了

鲁家小火车载欢声笑语
天南地北的方言，载乡愁
穿越蔬菜、瓜果、游鱼、飞禽
甚至野猪岭
穿越你的想象或记忆

江南山村的小火车
如烟雨丽人
带你走遍春天的每一个
角落

2017 年 3 月 13 日

重建廊桥

山洪随便发点脾气
你便骨肉分离
没有你，千年古樟
便成了空巢老人

从悲欣中回归
握住两岸乡愁
用秋水缝合伤口
谁偷看了你的沧桑

你的内心我也可以路过
但须放下肉身的叹息
像一片云辨认满脸泪水
是喜悦还是悲伤？

2018 年 2 月 6 日

走马岗

只有白云曾见过马队安营
现在，马蹄失声
清脆的足音被
路过的风拐走
那脚印异常坚硬
能磕碎我们好奇的目光

群山是一群快乐的孩子
你是孩子王。他们
围绕在你的身旁
做游戏、捉迷藏
从来不曾分离

有马必有故事
土地纷争、权力厮杀
刀剑驻扎在月光下
篝火映红了国仇家恨
肩挑寒暑身披风雨
侧身从时光隧道走过

文字没有替历史活着
一切便成了传说
从童年听到老年
一年一年的落叶

听着传说睡去了
唯有岩石醒着
打坐，闭目不语

四十年前这里办起大学
几栋平房、数亩薄田
虫鸣鸟啾、山花烂漫
时代的建设者用汗水
书写火红的青春……
山冈上的大学已无法下山
永远留在当年的誓言里
让清风明月点评

会山的骄子长在崇山峻岭
走到山冈并非易事
昔日的教室已改成民宿
躺在当年的书声里
梦会沾满野花的清香

旧时光也是一枚勋章
别致却异常沉重

2018 年 10 月 16 日

山与溪之间遇见自己

五鹫山听起来像猛禽的老巢，
小时候我只看到它的正面。
它的背后是乡愁的另一面，
男人们进山挑着一担担柴火
踩疼了回家的山路。
女人们将柴火填进灶膛，
生活就这样被点亮。
炊烟拉扯着幸福的屋顶，
在山村的晨昏奔跑。

黄檀溪从山脚流过，
一溪卵石沉默多年
却记得住流水的乳名，
年复一年养育青草、蝌蚪、鱼虾。
山洪暴发的日子
童年也跟着漂起来。
以堰坝为盾与水搏击，
感受溪水的体香。

父老乡亲在山脚、溪边劳作，
用工分填补岁月的空白。
他们和泥土里不同的种子交流，
努力读懂每一季庄稼的喜悦和忧伤。
以谦卑的姿势背负风雨，

为收成塑形。

此刻,我要为众多年轻的樱桃园
喝彩。
故土已完成多年修炼,
通往春天的小路上
结满殷红的果实。
我将以中年之躯模仿自己
亲切而陌生的过去。

2017 年 5 月 4 日

八把山锄

已经发生的都在墙上，
八把山锄与山较了一辈子劲。
英雄迟暮，如今和它的老伙计
草鞋、布袜、水壶、毡帽
一起在陈列馆养老。

锄头是那个年代与土地交流的
杰出代表，银光闪闪照亮山村夜晚。
长长的锄柄挑开无数黎明，
风雪还记得它是怎样掘开
坚硬的寒冬，冒着热气的汗水
在时光的缝隙里流淌。

一个山村的壮举惊动一个时代，
劳动，用身体装下诗画田园。
让顽石翻身，修改山水病句。
新鲜的泥土筑就梦想，
在溪流的带领下重新出发。

八把山锄起早贪黑不肯与自然
罢休，陈旧的春风已经远去。
现在我想邀请你去田间地头，
寻找绿水青山的补丁。

2019 年 10 月 3 日

一夫当关

——致梅军

工厂似一处战场
时光里捉迷藏
产品堆中落草为寇
友情纷至沓来
将欢笑一饮而尽

门前小溪 屋后田畴
蔬菜、游鱼、家禽
每一样都沿着季节走来
深山也有远亲
竹笋撑裂泥土
玉米站过的地方
地瓜等待回家

两条大道在门前
把酒言欢
路口站着你的中年
手握春风
仿佛一员虎将

2017 年 7 月 10 日

乡 音

——致建祥

你一直被乡音照耀着
在略显唠叨的电话里
接通故乡的太阳

你与母亲的对话始终
带着故乡的暖意
如南国的天气
从来不会挨冻

这么多年乡音犹如随身行李
和你一起漂泊、耕耘
穿越你的风雨与辉煌

相见，你用祖辈的声音
做出一桌家乡盛宴
异乡的角落有了一方
小小的故乡

2017 年 10 月 31 日

瓜果的烦恼

一个菜园结满瓜果
成为朋友圈的新宠
让中年的周末变得快乐

父辈们躬身
与泥土交换汗水
一声不吭将瓜果领回家

城里就是不一样
农家肥很抢手
一小块土地盛满了家里的四季

见过那么多同学、同事、亲朋
点赞和被点赞倒也罢了
还得让瓜果在手机里演讲

2018 年 6 月 20 日

红　薯

每年夏天都要与土地
展开一场争论
只要雨水有空，一切
相安无事

没有即兴表演
藤蔓像一个长途电话
从春天一直打到秋天

无论何时都愿意和穷人
在一起
让他们摸到丰腴的臂膀
用力撑起消瘦的日子

深秋，墙角开始不安
一堆沉默的汉子也需要
母亲的唠叨暖身
这样冬天便不会在
风雪中出轨

2019 年 7 月 24 日

竹　乡

隆宫村的竹子与世无争
每年在山坡上投票
但不关心对面村子里
谁当村主任

十万雄兵埋伏山中
银亮的刀必须练好本地话
才能让竹自废武功
如果不脱青衫，不会有
白面书生讲山中的故事

不必再去村口集合
快来流水线重新出发
你放下的肉身是山的一部分
而山是村庄的一部分

即使时间打了水漂
也还有乡愁在远方落脚
你的造型被生活
反复抚摸，与一大堆笑语
耳鬓厮磨

2019 年 9 月 24 日

回　货

我们乡下称走亲访友的回礼为
回货
回货多为食材,香甜酸辣
肩扛手提。无论路途多远
都视作珍馐。

既然红包能用手机支付,年轻人
便不屑将回货带在身边。
多简单呀! 超市有天南海北的土特产
什么搞不定?

千里或者万里,回货是唯一
能带走的乡愁。当生活支离破碎
光阴一去不返,只有
一样东西是完整的。
它不会笑,甚至只知道
默默流泪。

2019 年 8 月 2 日

土灶鱼

——致葆华

围着一口锅将一个话题煮沸
倒入年轻时的笑料、时下流行的梦想
需要的时候将往事涮一涮
干杯！为了重逢与分离

灶下的柴火烧疼了嫩白豆腐
碧绿青菜，一些丸子激动地翻滚
灯火读不出的秘密
被酒精出卖

一把白森森的骨头掏空
树的内心，此刻
正将火焰涂遍全身
仿佛一群非洲土著的舞蹈

如你所料，千岛湖鱼头不再愤怒
瞪着一双布满血丝的眼睛
完成了她最后的心愿

2017 年 12 月 19 日

店 口
——致伟定

谁在这里开店,卖过东西
已不重要。路那么宽
两旁生长工业与财富
山边的清溪将日子
洗得光可鉴人

蓝天高远,白云望得见青山
烟尘不再撕扯黄昏
多年前的倒影又一次
被池塘挽留

在店口我被零件包围
仿佛手是心的零件
心是梦的零件
我是店口的零件

店口的厂房已记不清
有多少种方言从流水线下线
在机器与人的窃窃私语里
店口的翅膀掠过
中国与世界

2017 年 11 月 1 日

废　船

村口一条水泥船
一半沉在水里
一半露出水面
侧身卧在过去的时光里

仿佛一双旧鞋被生活遗忘
男人穿过，送肥料种子去田头
将粮食草料运回家
风里来 雨里去

女人穿过，走娘家
接亲朋、嫁女儿、娶新娘
装过喜庆
装过思念

水里停久了，它成了
淤泥的骨头
卡在河浜喉头
对多年前的往事
绝口不提

2017 年 8 月 30 日

221

南湖菱

一生水里安家
只穿青衣
除非腐烂化作泥土
形若元宝，肤似翠玉
犹如丰腴妇人
内心洁白
甘甜清香

一只木桶承载了
菱的全部，女人的重量
男人只将水来耕作
唯有此荡产菱无角
五十里外
不复传奇

2017 年 6 月 14 日

小视频

你说你要来看我
在微信里打开了这扇窗
我看到了故乡的白云、农舍、田野

过去只有梦来看过我
多年前往事、年轻时细节
被时间追赶或遗弃

水稻们手挽着手站成
丰收的样子，一条大路
卧在初秋的早晨
静听村庄独白

我匆忙叫醒溪边青草
仿佛呼唤当年同学
走在上学的路上

只有抽打我的风雨
还没有来看过我
我的思念缺了眼泪

2017 年 9 月 20 日

黄檀溪

一半的梦在山里
另一半乘机出走
要到大地方去见世面

通常，你是我们的镜子
白云、远山、农舍、岸草
平静地过自己的日子

山里的雨性格粗犷
黄泥和飞涧时常较劲
拉扯着一路向西

我终于在你的身上做下
记号，五月我来看你时
你的黄皮肤和我一模一样

2016 年 1 月 9 日

224

老洋桥

老洋桥还在,我的少年不在了
青春远走他乡
往事还坐在桥头
不要惊动它们,让我远远地看
慢慢靠近

老洋桥还在,天上的云不在了
桑园蝉鸣已还给风雨
无数次穿越、往返,执着的记忆
不要擦掉它们,让我静静地想
仔细端详

老洋桥还在,当年的溪水不在了
习惯沉默的路不曾抬头
那些欢欣、悲苦,远去的背影
不要唤醒它们,让我轻轻抚摸
小心珍藏

2016 年 1 月 8 日

水阁台门

百年老屋送走多少往事
瓦上蓑草举目无亲

门窗年老，尘埃认作故乡
马首牛腿儿孙绕膝

廊柱目不识丁却举着
高贵的匾额，无限尊荣

有人远走，有人坚守
炊烟四散听风宣判

老墙不折腰。不与岁月妥协
站定便是一生

两个财主互不服气，银洋侧身
九十九间半借天不借地

2019 年 1 月 15 日

故　人

打开土地，你成了土地的主人
从此你被星光收留
那方小小的石碑懂事了
夜夜为你守门

我们不在的时候
清风为你清扫落叶、残枝
为你的名字拭去泪痕

月光下夜莺会唤你的名字
而水泥不肯及时传达
想象你在里面也有四季
春花、秋月一样不少

我们来时会在白天制造
一些光芒，以便你
领走人间欠你的赏银
或来不及享用的美味

天地苍茫，幸福是存在的
我们要在灰烬的余温里找到
你幸福的证据

2019 年 5 月 20 日

荐福寺怀旧

四十年前大殿收留满室书声
神灵暂退。一群清贫的孩子
在命运里张望。
青石牌坊庄严肃穆，
不知从何朝站到如今。
后院长眠着晚清乡绅，
墓前两株盘槐树
仿佛他的学生，
恭敬而谦逊。

青春如一堆新柴，
枝叶尚青但必须
生火做饭。时间在燃烧
谁的心里都敲着晨钟暮鼓，
人人都急于赶路。
简陋的书包装着父母的嘱托，
各种鸟鸣和猫头鹰的叫声。

长夜被清谈瓜分，
不同的梦穿越
紧挨着的呼吸。
有人将手伸进月色，
有人怀想爱情。
黑暗就站在那里

除了照明,电是一堆
无用的财富。

一盏灯,这么多年未曾在心里熄灭
照亮了我们来时的路与离去的背影。
洒落在山间的快乐和欢笑,
被青山收藏。
香火重燃,诸神归位
我们在风雨里抵达中年。
我对寺前的牌坊
怀有敬意,几百年来
坚持自己的位置,
扎根泥土
敬畏天空。

2017 年 7 月 31 日

故乡吟

故乡是一件衣服穿在
身上暖暖的
故乡是一泓清泉含在
嘴里是甜甜的
脚下的土地是
永远的亲人

故乡是一杯土烧酒
无论何时回家
常年醇香扑鼻
喝与不喝
总有一种亲切
令你回味终生
故乡是一碗糙米饭
让你的胃踏实
无论离家多远、多久
都惦念着那份熟悉的味道

故乡是长空
有时一碧如洗,阳光灿烂
有时风雨如磐,泪流满面
长夜,星光点点
心中明月皎洁
那么多记忆

都化作繁星
在夜空闪耀

故乡是慈母
无私付出，不求回报
养育一代又一代儿女
青山在、蓝天在
碧水在、沃土在
是她最大的心愿
故乡给予我善良
邻里亲情是一生
用不尽的财富

故乡是坚实的屋顶
将风雨挡在门外
无论世道如何变幻
总把儿女庇护在怀里
故乡是长辈
故乡在，家便在
故乡是温馨的家

故乡这本书一辈子
也读不完，每一页
都写满了生命的细节
生动而精彩
仿佛走进一座花园
值得用一生的情怀
珍藏

2017 年 7 月 12 日

第六辑

天地轮回

一、走进四季(组章)

立 春

并不能当作真正的春天,只是在寒冷的冬季添一笔暖色。有人把它贴在窗上,有人把它挂在门边,有人把它放在心里。

一个春字让我们有了品尝美食的借口,烙春饼、包春卷,美美地品尝春来的欣喜。如今已没有穿新衣迎春的习俗,而大地的新衣已在缝制,云霞为布料,春风作剪刀,用细细的春雨密密地缝制。

晴朗的日子,阳光踩碎薄冰,冬眠的鱼儿探出头来,打了个哈欠。流水急着赶路,奔向遥远的地方,那就一起走一程吧,一起寻找春天的脚步。

年是一道坎,有时春天立在年里,有时春天立在年外,有时雨,有时雪,有时风,有时霜……你比冬天任性,但你已穿越严寒,不再回头。

雨 水

年将要过完时你来串门,浇灭了元宵的花灯,长夜重归黑暗。刚刚萌动的一丝暖意,又被西北风吹走了,但所有的根须都竖起了耳朵。

大地醒了，一切都在忙碌之中。水变着花样与气温捉迷藏，冰雪化了又被寒风打回原形。

小麦的少年绿了，潮湿的心躁动不安，在相互低语中，沿着春天的方向出发。

蜡梅怒放时，桃李还是观众，现在她们在雨水的辅导下登场，含苞待放。乍暖还寒，而春风已冲破冬天的牢笼，万物急于起身，传递春的消息。

惊 蛰

风、雨、雷袭击了这个黄昏，闪电撕裂夜空，黑暗里睁开恐怖的眼睛，照得世间一片惨白。惊悚中，黑夜被风声、雨声吞噬。

忽然闪电从夜空里出鞘，随即是一阵击碎洪荒的巨响。闪电始终在寻找它的仇敌，一次次眼放凶光，一次次铩羽而归。

江南的春夜，像一场激烈的争吵，冬眠的虫蛇醒了，落叶的树枝醒了，潮湿的泥土醒了。

结束或开始都在这寒夜里决定。大地微微颤抖，让春天有了乐感，我们的心也卸下冬装，此刻宁愿被微凉的雨水轻轻抚摸。

春 分

春雨一遍一遍嘱咐我们，大地充满爱与期待。如果门前有棵树，你将成为鸟类的导师，每天清晨批阅各式鸟鸣。而最让人惊艳的是一树一树的白玉兰,她的婚礼是西式的,拖着洁白的长裙,仿佛刚刚踏上鲜红的地毯。

接下来是粉色的海棠,殷红的桃花,以及知名或不知名的小花。她们有的在路边蒙尘,有的在庭院独唱,有的在山间指挥小草舞蹈。

我走过这些花,想握一握她们的小手,她们说:不要靠得太近。

稍远的地方,风带走了百花的体香。蜜蜂是季节的榜样,为爱追寻千里,用细小的刀锋品尝幸福,谁的痛酿成了人间的甜蜜?

天气预报今日有雨,阳光依旧踽踽独行,我行我素。死亡分开了灵魂与躯体,不能用遗忘简单界定我们来过或未曾看见。

清　明

这些灯火不爱我们,它们在森林里要扮演星星的角色。在黑暗的祖宅,先人们在为一些细节忙碌,他们有食冷食的习惯,与我们期待的温暖相反。

介子推与老母聊天,白云为他们打伞,野火是群山的仆人,用鲜红的火焰歌唱。

这杯酒献给会喝或不会喝酒的故人,任何时候,你不能阻止灰烬的舞蹈,这是风制造的温情。现在是春天,每一块墓碑又老了一岁,我们不担心它们长寿。

没有人规定我们如何回家,我们确实踩碎了一些鸟鸣,转身又和一棵果树撞了满怀。

谷　雨

雨水为媒,种子终于嫁给了土地。这一场婚礼好不热闹,杜鹃做嫁妆,子规闹新房,阳光是他们的证婚人。土地对种子说:有你在,孩子们便有了娘,四月才像个家。种子笑而不语。

在江南,明前茶的风头被雨前茶取代。雨前茶比明前茶更成熟、自然、香醇,是老茶客的心头爱。这春天的最后一个乐章,下起了小雨,淅淅沥沥的雨消减了柳絮的冲动。被冬天开除的枯枝落叶已不见踪影。大片的新绿舒展开来,把即将登场的蝉鸣深藏其中。

如果你仔细看,路边的蚂蚁也已整队出发,快速奔向大地的迷宫。那么多热情的花粉在空气中打闹、旋转,从树梢飞向树梢,沿着命运女神的指引前进。

岸上行走的我们必须相信许多东西,包括流水未曾说出的秘密。

立　夏

气温渐高,春天萌生了去意。豌豆和蚕豆出落得亭亭玉立,正商量着煮一锅立夏饭给孩子们解馋。一只蛋想站起来,试了很多次都没有成功。

我只说江南,油菜怀孕以后,小麦也开始扬花,蚯蚓在潮湿的泥土里来回奔波,像是在寻找不为人知的秘密。

紫云英彻底败下阵来,被犁铧埋进春天的故事。这时,我们开始翻看水田的心事。寂静的夜晚只有蛙鸣是唯一善良的提醒。

晴朗的日子都是秧苗出嫁的良辰,现在你应该为不时来临的雨水鼓掌。

在泥土的留白处,根须是一群快活的鱼,在阳光下快乐地成长。

小　满

小麦的青春期短暂而含蓄,饱满的乳房在雨水里发育成熟。裹着乳汁的麦穗被五月高高举起,这是大地最动人的时刻。

初夏的风俯下身子从麦芒上轻轻走过,田野泛起绿色的波浪,将村庄围成丰收的小岛。

江河在抬升,缓慢而有节奏,努力接近堤岸的记忆。

春蚕大口啃食鲜嫩的桑叶,也将黑夜咬出一个大洞。她们将要分娩,在丝罗帐里体验初为人母的喜悦。

万物在阳光下静默,流水和鸟鸣围坐四周,妇人在河埠浣衣,或拎着菜篮从田间回家。风会在茂盛的大树前转身,只听见树叶发出轻微的笑声。

一切生长接近完美,但现在还是甜蜜的等待。

芒　种

这个忙碌的季节让人目不暇接。小麦站累了,惦记着晒场的辽阔,渴望让阳光脱去湿衣,返回粮仓。

大豆、玉米、番薯已在泥土里动身，纷纷展开嫩绿的旗帜。梦在远方，一切等待都是对自己的背叛。

转身，枇杷和青梅也到了待嫁的年龄，相似的容颜，不同的嫁衣，酸酸甜甜的心事欲言又止。都说青梅煮酒论英雄，即使不善酒也是人们初夏的最爱。

田野一声不吭，分为两个阵营。这边，水稻青春洋溢手挽着手连成深绿的海洋。那边，棉花迎风招展，含苞已久，却不轻易打开内心的秘密。

阳光和雨水浅斟低吟交替助兴，一阵阵梅雨在江河找到亲人，一路同行去远方安家。

万物按自己的逻辑与天地对话，唯江南攥着一把雨水不肯松手。

夏　至

太阳在最高的地方现身。北半球的阳光自我陶醉，知了将绿荫当美食，它的尖嗓子能割开正午的困倦。南半球的黑暗保持了很好的弹性，动物们可以做很多事情，生儿育女或进入梦乡。

雷阵雨是常客，每年此时总惦记着来人间探望亲戚，短暂的问候辞退了滚滚热浪，万物享受着雨水浇灌的幸福。

潮湿使许多物品无处可逃，你不经意的时候，已种下腐烂的花朵。

南方祭祖，北方吃面。苦味不再被伤害，它将被推崇，使夏天更深刻，更有沧桑感。

收纳遥远而确切的星光,看鸟儿清早在枝头散步。繁花被绿叶教育成居家的淑女,风的经过擦伤了她淡淡的思念。

心上挂一把钥匙,随时开启大地的邀约。万物低调而友善,互不亏欠,也不孤单。

小　暑

虽已入夏,未尝夏苦。一年中最绿的时候,农作物在田间遇见去年的自己。梅雨散去,南方的雨开始向北方突围,风低头向梅雨致谢。

阳光明亮而炽热,水稻与土地的热恋进入高潮。早稻开始灌浆,用内心的洁白表达对劳动的尊敬。中稻也已拔节,仿佛青春萌动的少年,热情洋溢,却不善言辞。棉花收起了红装,如一位青涩的妈妈,专心养育后代。棉蚜虫和红蜘蛛在绿叶上签下生死状,用锐利的牙齿颠覆棉花的幸福,结果在毒酒的狂欢里了结余生。

天空比任何时候都容易震怒,常常在阳光灿烂的午后打一场局部战争。在你不经意的时候,乌云起义,惊雷咆哮,大地被淋成落汤鸡,惊恐的雨水相互踩踏,夺路而逃。

心静是最好的修行,无论身在何处,我们应该坐下来品尝一碗饺子或面条,让毛孔尽情流淌快乐的热泪。

大　暑

阳光踩在时间上,一条道走到黑。大地开始发烧,淘气的虫豸、毒蛇也不敢在她怀里撒娇。夜晚，萤火虫为腐草举行葬礼，蛙鸣悠扬，池塘好戏正开场。

草木无言，但泥土感觉到了它的渴望，蟋蟀在石缝中彻夜弹唱，月光不为所动，像在听一曲古老的情歌。开始与结局同时上演，早稻向大地交卷，为丰收画上句号。晚稻初试新泥，在水汪汪的家园安身。玉米站在旱地里身怀六甲，粉红的辫子迎风招展。葵花昂首，与阳光互动，为自己的青春镶上金边。她的花朵承受着生命之重，那么多快乐的孩子在一个巨大的花园里生长、成熟。

荷花高过绿叶，向世人诉说六月风情。大豆在田塍上暗结珠胎，它的周边埋伏着西瓜、甜瓜、葡萄。稍远处，桃李慈眉善目，守护一树繁华。

骄阳似火，暗藏玄机。一旦台风造访，暑气便夺路而逃。炎热走向顶峰，必然有新的期待，深一脚浅一脚走近。

立　秋

一串脚步声从远处传来，或许是风，或许是雨，或许什么也不是，但我们确实听到了。早晨开始起雾，为大地笼上面纱，太阳来时，她便走了。被夜色洗得发白的星星跃上山冈，倾听流水的欢歌与田野的低语。

早稻上岸，晚稻下水。番薯旁若无人，把泥土挤开一个个裂口，对泥土来说，这样的伤口是开心的。玉米还站在原地，不过已很低调，垂着棕色的须发，仿佛京剧里的老生。棉花举杯，像要把白色的火焰献给秋天。

天上的云比以前活跃，来去匆匆，似有要事在身。云中埋伏着一只秋老虎，时不时向人间喷射火焰，消耗着我们的汗水和心情。农家借此晒秋，也算是对虎威的回敬。

如果高温颠覆了你对秋的好感，那么，就痛痛快快啃秋，西瓜、玉米这些不想再赶路的大地之子，你尽可以敞怀拥抱，一次抱住爱个够。

处　暑

太阳南移，将昼夜的温度拉开。晚风有几分清凉，而雨滴已出门远行。天空高远，白云似有似无。池中的荷花又打开当年的声音，或红或白，在碧绿的荷叶上咏叹。

月色下河灯竞放，一路收留走失的灵魂。村口或家中，我们用烛光与先人交流。据说，每年此时他们要回家与亲人团聚，这是祖先定下的规矩。

葡萄、桃李、西瓜、甜瓜轮番登场；南瓜、丝瓜、冬瓜、黄瓜从田野、地头、山坡径直回家。青藤是季节的血脉，连着泥土与果实，此刻承受着生命之重。

晚稻发育正旺，中稻已值壮年，大豆挺着凹凸有致的身段在绿叶中左右顾盼。当心，秋老虎尚在云端窥视人间，只有台风才能将它赶跑。

越来越近的秋风将摘下第一片黄叶。万物丰盈，让生命饱满、温润，即使在暗夜，你也能看见月色纷纷下凡，为尘世笼上轻纱。

白　露

此时,应该先说露珠,晨光下晶莹剔透,撒落在草叶或花瓣上。她的白令人难忘,仿佛秋天的眼神停留在葱郁的大地上,只有阳光可以亲吻她。

晚有凉风,或许一场薄雨便能捎来些许秋意。气凝为露,季节以自己的方式告诉万物生命的节律。鸿雁启程,将天空当作沙场,吹响嘹亮的号角,此行并非征战,而是沿着记忆寻找故乡。紫燕南归,最远的跋涉也是一场旅行,堂前廊下有家的温馨。

白天依旧艳阳,暑热已不再深入肌肤。有时干燥有时多雨,夏与秋常有交锋。一大堆美食已呈现眼前,可以纾解秋燥。白露茶醇厚清冽,提神清气;白露酒香醇扑鼻,回味悠长;大枣红白相间,圆润饱满;龙眼皮黄肉白,香甜可口……

晚稻抽穗扬花,秋菜绿意盎然,大地正在铺排一场丰收的盛宴。风不像先前那样疾走,停下来带上瓜果的清香。泥土的呼吸被夜色收留,给清晨的绿叶和花朵镶上闪亮的眼睛。

秋　分

挥舞多时的雷电被天空收藏,黑夜与白昼停止了争夺,寒暑你来我往,握手言和。明月中了头彩,比任何时候都更引人注目。月色是思念的外衣,思乡、思亲、思情。星空遥远而深邃,为有情人点亮无数星辰。

丹桂飘香,蟹肥菊黄,冲击着人间的嗅觉与味蕾。金色是秋天的标配。风筝身轻似燕,在旷野奔跑,不断挑战新的高度。秋水与长天彼此致意,敞开碧澄的胸怀。细雨擦拭过的大地分外清新,每一场秋雨都为季节做上记号。

北方种麦,南方收棉,地瓜挣脱泥土急着回家,农家屋檐挂满丰收的喜悦。莲藕身染淤泥也要浮出水面,做秋天的臂膀,外表洁白粗壮,内心血脉贲张。晚稻再一次向大地鞠躬,它的期待只有汗滴知道。

登高可以看到更远的风景,低处也有自己的精彩。动健身,静养心,天地均衡,秋色平分。

寒　露

菊花以金黄为秋天注解,使深秋华贵而丰盈。群山披上秋色,让我们看到秋的斑斓。满斟一杯菊花酒,万千秋色一饮而尽。流淌一夏的蝉鸣化成了枝头的寒露,远处的池塘陈列着残荷的战场。

登高,你不会空手而归,你的口袋里会装满花香。在晴朗的天空下,双手可以抚摸更远的风景。更远处也是秋天,如一首古诗意趣无穷。

昼热夜凉,雨水渐稀。夜空镶嵌着星星和月亮,流水经过的地方常有虫鸣伴奏,如秋夜的背景音乐。旷野醒着,晚稻正在灌浆,玉米等待收获,瓜果、豆类将在入冬之前结束行程。

风起叶落,是时光在走动。枫叶最先在风中陶醉,渐渐泛黄变红,一树一树的火焰照亮了深秋的远山和大地。无数只鱼钩在秋水里埋伏,与游鱼斗智斗勇,平静的水面常有鱼儿舍命一跃,从龙宫跳入尘世。

霜　降

秋在移动,仿佛流水一般流向更远的自己。气温如一把戒尺不时抽打枝头的露水,当它越过冰点,夜色便会在树枝、泥土、枯草上留下晶莹的初吻,阳光下她们将交出清澈的泪滴。

天并没有降霜,霜是季节给大地披上的寒衣。秋天落幕之前,天地显示肃杀之威,震慑肆虐的病虫。古人此时开始围猎、征战,旷野不时闪过奔跑的精灵。文人则赏菊饮酒,著文赋诗,将浓浓秋意收藏在诗文或丹青中。

沃野无垠,稻浪翻滚,收割为年景画上句号,一座座草垛温暖着劳动的记忆。花生、地瓜离开田野,像亲人一样栖身农家。泥土翻身,种上了小麦和蔬菜,劳累了一年又开始孕育新的生命。

回头,山坡、地头结满了火红的柿子,与蓝天白云相映成趣。那么多红彤彤的柿子在树上小心翼翼地成熟,期待寒风来临之前给秋天送去最后的辉煌。

立　冬

朔风乍起,北国最先感受初冬的寒意。田野略显空旷,但也能读出她夏日的绚烂与秋天的丰硕。我们抚养的粮食,果蔬已随主人回家,大地上驰骋的物种则转入地下或躲进田坎。只有白云依然悠闲,在幽蓝的天空俯视人间。

远山如画,阳光次第打开壮丽的山河。降水不多,但变出了更多花样,雨、雾、露、雪点化着平原或高山。南方呈现小阳春,仿佛与春天第二次握手,暖阳催开了不少懵懂的花朵。北方寒流紧逼,追赶秋天的背影,直至将它赶进南国的大海。

此时,田间仍有一大堆功课等待完成,挖河筑堤、修渠固坎、平整土地、增肥培土,每一道工序都是对田地的善待与牵挂,也是对来年生计的期待。

勇敢的人们已经下水,他们的内心吐着热烈的火焰,将暗沉的水底照亮。更多的人则品尝饺子,在落叶翻滚的风中迎接寒冷的到来。

小 雪

枯荷守着自己的晚年,将秋池当作故乡。残菊收留了几行古诗,犹在细雨中吟咏。风在远处遣词造句,像在准备一篇入冬宣言。天空也没闲着,时而碧空如洗,时而云霭密布;小雨下着下着飘起了雪花。

潮湿的大地还未准备好将雪留住,人们已开始忙碌。果农修枝,树木防冻,小麦、油菜施肥浇灌。白菜从地头撤离,整整齐齐在地窖结集。所有在泥土里坚守的,都将以冬天为背景,与风雪周旋、唱和、博弈。

屋檐下,主妇们忙着晒鱼干,腌腊肉,晒香肠。庭院里核桃、板栗、芝麻、白果素面朝天。阳光将带走多余的水分,让每一样食物都带着季节的体香。

河流还在欢唱,执意流向远方。唯乡愁早早进入梦乡不肯流浪，梦在哪里，她就在哪里。

大　雪

白雪是冬天的寒衣，遍地的白覆盖了花朵的光芒和绿叶的沉思，连枯草也停止了飞翔的梦想。双手插进雪地，能扒出童年的记忆，以及埋没已久的鸟鸣。

雪给大地带来湿润与温暖，让仅有的绿意在白雪的呵护下冬眠。而猖獗一时的害虫、病菌却在瑟瑟发抖，它们将被这个冬天开除。

冷暖空气反复交锋，像一场无休止的拔河。北国万里雪飘，江河封冻渐成坦途，枝头结满晶莹的雾凇。南国依旧葱茏，草木绿意犹盛，即使大雪压身，也只是偶尔弯腰。

江南晨间多雾，淹没了村庄的炊烟。好在阳光依旧灿烂，暖暖地照着万物与行人，让人们对她有更深邃的眷恋。

金黄的柑橘，鲜红的橙子，圆润的苹果，已不记得出生的山坡，当初的乳名，它们是穿越秋天的旅人，此刻在你的手上停留。

冬　至

寒风走街串巷来人间打探消息。冬天从北方来，一路释放内心的冰凉。白天最短，但也容纳了全部生活，黑夜从另一个方向追赶黎明。

阴盛极则阳生，有人关灯吃面，"吃了冬至面，一天长一线"。冬至曾与年节不相伯仲，民间有"冬至大如年"之说。游子归家，与家人团聚,美食与祭祖是永恒的主题,北方吃水饺,南方品汤圆,糯米饭、麻糍各具特色。亲情是严寒里最温暖的火把,给故人送去思念与祝福。

冬藏让我们内心充实。以泥土为家的动物们销声匿迹,或许已默默进入梦乡。坚守在大地的农作物以最后的绿抵抗凄风冷雨。辛劳的乡人已为它们盖上枯草或搭建暖棚御寒。

冬夜的星空格外清冷,但阻挡不了皎洁的月光洒满人间,即使在最黑暗的角落,也能隐隐听到春天的脚步声从远处传来。

小　寒

只有低温能留住冰雪,成为严寒的常客。冰凝住了波浪,雪覆盖着沃土,有心人可以将晶亮的冰雕成一首赞歌。树上的积雪试探着生命之重,一再向大地鞠躬。山峦银装素裹,向阳的一面露出了黑色的忧伤。

不是阳光不够坚强,而是寒风带着刺骨的利刃,显示冬天的深刻。由此,我们应向树木道歉,尽快清除枝头的积雪,修剪多余的枝条,并将树干涂白,树根培土。小麦和油菜主持田野的冬天,别忘了给它们施足冬肥,鼓劲加油,让它们给即将来临的春天敬礼。

年关将近,年味渐浓。羊肉牛肉美味当前,板栗、核桃、花生温补健身。每个人的冬天都需要一把火,照亮自己,温暖他人。

院前屋角蜡梅盛开,红梅若隐若现,让人驻足赞叹,充满喜悦。就算最寒冷的时刻,勇敢的花朵也要为生命驻脚。

大　寒

　　积雪不化,或许在等待春天,或许只是冬天的地标。几只飞鸟在电线上闲聊,它们对谷物的牵挂已近崩溃。阳光依然明媚,冰雪略显疲惫,美好的事物还没有抽芽。

　　寒流南下没有规律,但与春天的战争不可避免。树木、麦苗、蔬菜是布阵大地的士卒,只有深挖沟、广积肥、勤培土,才能躲过风霜刀剑。

　　劳碌一年的人们掸落生活的尘埃,期盼每件事都有心仪的结果。寒风吹不走古老的习俗,喝腊八粥,吃八宝饭,恭恭敬敬将灶神送上天。

　　年关将近年味浓,天南海北回家忙。乡村杀年猪、腌腊肉、搡年糕。城市备年货、剪窗花、贴春联,家里家外,除旧布新。

　　无论故乡或异乡,冬天终是过客。在梦醒来之前,心已将春天搬到了眼底。

二、荐福寺（三章）

古　松

山冈上两棵古松，它们站得很近，几乎握住了对方的臂膀，甚至可以感觉到彼此的心跳。静夜，月色坐在山坡上，能隐约听到古松的絮语。有风的时候，它们是汪洋中的桅杆，周边松涛阵阵，山冈仿佛一艘大船在深山航行。

万千松针呈现内心的光芒，细密而尖锐，可以刺穿风霜雨雪。老了，悄然隐退，为泥土送去寒衣。

你将岁月披上了盔甲，年轮里供奉厚重的一生。偶尔的流泪是沉默的火星，暗夜里虚构的光明。你不能像星星一样在天空打坐，你的耳朵装满思想，你将山冈站成家园。

你说，站着也是缘分，握住你就握住了幸福。

牌　坊

你站在荒草中，我站在没膝的往事里。对视，仍是四十年前的模样。你老的是岁月，我老的是记忆。

阳光下，你与荐福寺互赠影子。石阶上布满万顷松涛，你养育的经声、书声已在远方安家，只有飞鸟还像个不懂事的孩子，每天吵闹不止。

四十年前，最后一批村里推荐的高中生，挑着米和菜，来荐福寺求学。大殿作课堂，僧舍当寝室，一个小小的学校就这样开张了。自砍青柴烧饭，顿顿都吃家里带来的霉干菜。煤油灯支撑的那些夜晚，聊天是廉价的娱乐，一切在命运的铺排下有序地展开……

四十年过去，青春已逝。每个人都走过了半生风雨路，归来仍是少年心。当年清晨洗脸的水坑犹在，水坑的倒影里还能认出青春旧梦吗？

你站在那里，看着我们清早做操，课间晒太阳，傍晚散步、嬉闹，看着我们从山路上来，从山路回家。

你站了那么久也不肯移步，宁可让荒草爬上你的膝盖，草儿们也想认认你身上的碑文，就像我们当年一样似懂非懂。

也许你还叫得出我们每个人的名字，只是你不想开口，沉默是你的尊严。

万千滋味在心头，一切尽在不言中。

龙爪槐

世事盘根错节，不要试图打开它们的秘密。不要在转弯的地方私藏光明。

你多角度地向尘世鞠躬，反复练习在生命里转弯，用细密的绿叶盖住我的好奇。

你的臂膀粗壮健硕，是埋伏在胸口的翅膀。你不必用飞翔测试你的梦想。

你比音乐更紧密地拥抱自己,化最少的阳光获得大地的灵感。

你像一首诗站在那里,有美丽的弧度,可以弯曲的善良,瀑布般奔腾的坚韧……

你是植物界的健美冠军,将力量当成外衣,用肌肉展示个性。

每一次相遇,你教我怎样独居,此生不必站成伞的样子,看似遮风挡雨,内心指望别人撑着。

注:荐福寺位于浙江省诸暨市赵家镇上京村,始建于北宋开宝四年(971),原名报恩院,几易寺名,至宋大中祥符六年(1013)改为荐福寺,盛时有僧人三百,俨然浙东名刹。因朝代更替,几经兴废,逐渐衰败,近年恢复重建,重续香火。

结束或开始（后记）

又三年,诗与我的生活更加紧密。远方更远,梦想的天空掏不出更多白云。我用笔挑开几声雁鸣,将一些发亮的词语拿起又放下。这个忙碌的过程曾在纸上奔跑,现在显得异常安静。我动用了一次权力,让她们领走各自的编码,住进时光的缝隙里。

生常庸常而思考常新。一些从未靠近的火焰,开始在暗夜走动。我在日子的这头睡下,又在另一头起床。骑马、涉水,翻越高山与沟壑;我穿过浅草,仰望星空;与任一片草叶凝视,不忽略愤怒的闪电;我为城外的落日披上赞歌,听大海翻开波涛,迎接白银时代……

新生与腐朽彼此不松手,一切发生都不是犹豫的结果。打开自己,为风让路,身后的门藏着深夜与黎明。谁在听我的心跳,除了时间,还是时间。

我依然相信,勤勉是感谢生命的最好方式。

我这块磨刀石磨过风、磨过雨、磨过血、磨过泪，一寸寸矮下去。它的肉身将化作疼痛与浊泥，而刀锋还不认识敌人。

眼里的风景交谈甚欢，每天都有新鲜的事要发生。风吹不动的，肯定不能放弃。

椅子上坐着深秋，今天没有准备雨水。此生要找的东西太多，还是相信偶遇吧！

著名诗人柯平先生百忙中为本书作序，给予热情鼓励与肯定，特此申谢。

赵国瑛

2019 年 11 月 20 日　杭州